누구나 시인이 될 수 있습니다!

시로 표현하는 삶의 여정

행복한 나들이

2019년 봄호

시로 표현하는 삶의 여정
행복한 나들이

초판 1쇄 발행 2019년 3월 30일

지 은 이 권선복 엮음
발 행 인 권선복
편   집 한영미
디 자 인 이동준
전 자 책 서보미
마 케 팅 권보송
발 행 처 도서출판 행복에너지
출판등록 제315-2011-000035호
주   소 (157-010) 서울특별시 강서구 화곡로 232
전   화 0505-613-6133
팩   스 0303-0799-1560
홈페이지 www.happybook.or.kr
이 메 일 ksbdata@daum.net

값 30,000원

ISBN 979-11-5602-711-9 (03810)

Copyright ⓒ 권선복, 2019

도서출판 행복에너지는 독자 여러분의 아이디어와 원고 투고를 기다립니다. 책으로 만들기를 원하는 콘텐츠가 있으신 분은 이메일이나 홈페이지를 통해 간단한 기획서와 기획의도, 연락처 등을 보내주십시오. 행복에너지의 문은 언제나 활짝 열려 있습니다.

시 · 로 표 · 현 · 하 · 는 삶 · 의 여 · 정

행복한
나들이

2019년 봄호

권 선 복 엮음

도서
출판 행복에너지

contents

Prologue

권 선 복

2019년 TV조선 선정 대한민국을 움직이는 **영향력 있는 CEO**

인간처럼 사고하고 감지하며 행동하도록 설계된 AI(인공지능)가 어느새 인간의 영역을 침범할 정도로, 현대 사회는 하루가 다르게 변하고 있습니다. 그러나 안타깝게도 첨단의 시대로 나아갈수록 우리 사회는 나날이 삭막해지고, 인면수심(人面獸心)의 사건·사고가 연이어 발생합니다. 이와 같은 현실에서 우리에게 진정 필요한 것은 무엇일까요? 어쩌면 해답은 이미 우리들 스스로가 알고 있는지도 모릅니다.

심신이 피폐해질수록 서로가 서로의 아픔을 외면하지 않고 보듬어 줄 수 있는 따스한 가슴과 진심 어린 응원! 우리 모두 너무나 당연하여 그것의 소중함을 자꾸 잊고 있는 건 아닐는지요. 따스한 가슴과 진심 어린 응원은 당신의 생각 한 줄기, 마음 한 자락을 글로 풀어놓는 것에서부터 시작됩니다. 그것이 시(詩)입니다. 당신이 진솔하게 써 내려간 시 한 편이 누군가에게는 세상을 살아갈 에너지가 되고, 또 누군가에게는 외로움을 떨쳐낼 격려가 됩니다. 그것이 시의 진정한 힘입니다.

초대 문화부장관을 지낸 이어령 교수는 "한편의 좋은 시를 읽는다는 것은 영혼의 항아리 속에 향기로운 꽃을 꽂아두는 것과 같다."라고 하였습니다. 저 또한 우리 사회에 향기로운 꽃을 더 많이 꽂아두어 대한민국 방방곡곡에 시의 향기를 퍼뜨려 보고자 합니다.

유난히도 무더웠던 무술년 8월 8일부터 공동시집을 발간하고자, 평소 제가 알고 있던 다양한 인적 네트워크를 기반으로 시집 출판을 제안했습

누구나 시인이 될 수 있습니다!
당신의 마음 한 자락 아름다운 시
『행복한 나들이 – 시로 표현하는 삶의 여정』

니다. 그 결과 놀랍게도 100일이 채 안 되어 각계 각 분야의 인사들께서 동참의사를 피력하는 기적이 일어났습니다. 그리고 121분의 소중한 시를 모아 한 권의 멋진 책으로 승화시켜 지난 2018년 12월 1일에 121분의 공동시집을 발표하는 뜻깊은 자리를 갖게 되었습니다.

그리고 이번 2019 기해년을 맞이하여 다시 새로 100여분께 시 3편씩을 받아 『행복한 나들이』(2019, 봄호)를 출판하게 되었습니다. 초판의 경험을 더하며 시집의 완성도는 더욱 높아졌고, 수록된 작품들의 시적 아름다움 역시 더해가는 듯합니다. 이렇듯 힘차게 출발한 『행복한 나들이』의 에너지를 계속 발전시켜 지속적으로 각계각층에서 활동하는 분들의 시를 모아 3개월에 한 번 발행하는 계간지로 펴내도록 하겠습니다. 아울러 최선을 다하여 대한민국 방방곡곡에 선한 영향력과 함께 힘찬 행복에너지를 전파하는 사명을 공유하겠다고 약속드립니다.

명문장을 손에 쥐고 태어나는 시인은 없습니다. 누구나 시인이 될 수 있습니다. 여러분의 마음 한 자락에도 아름다운 시가 살고 있음을 잊지 마십시오. 그런 점에서 이 책을 읽는 독자 여러분 모두가 이미 예비 시인인 셈입니다. 이 땅에 따스한 울림을 주는 예비 시인들이 더욱 많아지길 소망하며, 121분의 아름다운 시를 정성껏 담은 책 『행복한 나들이–시로 표현하는 삶의 여정』을 통해, 생명이 약동하는 기해년 봄을 맞아 더욱 활기차고 충만한 행복에너지가 팡팡팡 샘솟기를 기원합니다.

추 천 사

서 이 종
서울대학교 중앙도서관 관장

신록의 계절, 『행복한 나들이』(2019, 봄호)의 출간을 진심으로 축하드립니다. 작년 겨울, 국회의원회관에서 성황리에 이루어진 121인 공동시집 첫 호의 출판기념회를 시작으로, 누구나 시인이 될 수 있다는 보편적 문화소통과 향유를 열망하는 권선복 대표님의 작은 꿈이 출발했습니다. 그리고 이제 3개월여 만에 끊임없는 열정과 노력으로 『행복한 나들이』(2019, 봄호)를 선보이게 되었으니, 지칠 줄 모르는 그의 에너지가 세상을 행복하게 하는 모습에 감탄하게 됩니다.

특히 이번 봄호에 새로 실린 작품들의 면면을 살펴보면, 지난 번보다 시적으로 더욱 충실해지고 첫 호보다 완성도가 높은 작품들이 다수 수록되어 『행복한 나들이』가 향하는 '시를 통한 대중적 소통과 교감'이라는 취지가 '일일신우일신(日日新又日新)'하고 있음을 알게 됩니다.

권선복 대표는 서울대 중앙도서관에서 운영하는 문헌지식정보 최고위과정ABKI 9기에서 사무총장이라는 직책을 맡아 학교 및 원우들 사이에서 활발한 소통의 매개 역할을 해 왔습니다. 아마도 학문을 더욱 쌓는 과정에서 출판 사업의 실무에 종사하는 사업가로서 느꼈을 '책을 통한 문화적 소통'의 현실과 이상 간에 존재하는 괴리를 극복해 보려는 노력이 이 공동시집의 탄생으로 이어지지 않았나 싶습니다. 그만큼 행복에너지의 『행복한 나들이』에는 '시는 곧 삶'이라는 문제의식하에서 삶의 여정들을 함께 모아

행복에너지의 『행복한 나들이』에는 '시는 곧 삶'이라는
문제의식 하에서 바로 그 삶의 역정들을 함께 모여
즐겁게 나누고자 하는 시도가 엿보입니다.

즐겁게 나누고자 하는 시도가 엿보입니다.

그리고 이러한 신념의 반영으로 지난 번 『행복한 나들이』 첫 호에서는
실험적인 측면들도 엿보였지만, 시를 시인의 전문적이고 고답적인 영역으
로 가두어 놓지 않고, 자유롭게 일반인 누구나 다가갈 수 있도록 품을 내
어주는 모습이 잘 드러났습니다. 그리고 이번 2019년 봄호에서는 첫회의
경험을 기반으로 더욱 완성도 높은 시집으로 탄생한 느낌이 듭니다.

영국의 시인이자 비평가이며 옥스퍼드대학교 교수를 지낸 매튜 아널드
(Matthew Arnold)는 "시는 기본적으로 인생에 대한 비평이다."라고 했습니
다. 또한 왕조사회였던 조선시대 우리 선조들 역시 시(詩)를 기반으로 삼아
그림과 음악을 함께 즐긴 격조 있는 문화교류의 장(場)인 아회(雅會)를 즐
겼습니다. 이처럼 국가와 시대를 막론하고 시는 인생을 평하며 다른 사람과
함께 공감하는 데에 있어 소통의 중심이 되던 문학적 장르였던 것입니다.

『행복한 나들이』의 공동저자들께서 함께 모여 자신의 삶에 대한 비평을
나누시는 모습들을 보니, 우리 현대 사회에서도 시를 중심으로 한 또 다른
형태의 품격있는 문화가 자리를 잡겠구나 싶은 마음이 듭니다. 그리고 『행
복한 나들이』가 문을 연 이러한 문화적 소통의 장이 우리 사회에 더욱 활
성화되기를 기원해 봅니다.

추 천 사

이 금 남
독서국민운동본부 회장

'詩로 표현하는 삶의 여정 『행복한 나들이』(2019, 봄호)'의 탄생을 축하합니다.

　지난해 12월 정성들인 삶의 궤적인 121분의 시(詩) 작품으로 첫 번째 시집을 탄생시킨데 이어, 끊임없는 추진력으로 이렇듯 독특한 책을 구상하고, 각계각층에서 주역으로 활동하시는 분들의 작품으로 마침내 2019년 봄호를 탄생시킨 행복에너지 권선복 대표님의 탁월한 역량과 열정에 경의를 표합니다.

　세상에는 이미 시선집(詩選集), 단편선(短篇選) 등 공동 작품집이 많이 있습니다. 그러나 본서 『행복한 나들이』는 전혀 성격이 다른 독특한 체제의 유일무이한 책으로 탄생되었습니다. 본서에 작품을 주신 시인들의 면면을 살펴보면 모두들 작가, 경영인 등 각계각층의 사회 지도층 인사로서 저마다 자기분야에서 높은 경지에 도달하신 분들이십니다. 이분들의 피땀어린 삶의 궤적이 압축되어 있는 이 작품들은 참으로 가치 있는 우리 인생의 살아있는 기록이라고 하겠습니다.

　좋은 시 한 편은 산문보다 적은 말로써도 보다 많은 것을 표현하며, 정서적 교감을 통해 지시적 언어가 지니는 표현력 이상으로 세계의 진실을 함축하고 느끼게 합니다.

　J. F 케네디 전 미국 대통령이 말하기를 "권력이 인간을 교만으로 인도할 때, 詩는 인간에게 그의 한계를 상기시키며 권력이 인간의 관심의 범위를 축소시킬 때, 시(詩)는 그에게 자기존재의 풍부함과 다양성을 상기시키고, 권력이 부패할 때에 시(詩)는 세척한다. 예술은 판단의 시금석처럼 일해야 하는 기본적인 인간의

진리를 확립하기 때문이다.”라고 말하였습니다. 모든 좋은 시(詩)는 작품을 쓴 작가의 땀과 피와 눈물로써 연결되어있듯, 체험을 바탕으로 천천히, 그리고 끈질기게 만들어집니다.

또 미국의 시인이자 극작가였던 A. 매클리시는 詩 작법을 이렇게 말합니다.

· 詩는 감촉할 수 있고 묵묵해야 한다.
· 엄지손가락에 닿는 낡은 훈장처럼 조용해야 한다.
· 詩는 시시각각 움직임이 달과 같아야 한다. 마치 보름달이 떠오를 때처럼
· 詩는 슬픔의 모든 역사를 표현함에 텅 빈 문간과 단풍잎 하나처럼
· 詩는 의미해선 안 되며 존재해야 한다.

여러분의 시(詩)도 묵묵히 살아온 우리 개개인의 삶의 역사를 돌아보는 훈장이 될 것이며, 인생의 희노애락을 기록한 단풍잎이 되어줄 것입니다.

모쪼록 『행복한 나들이』 시인 여러분의 건강과 행복을 기원하며, 꾸준한 작품 활동으로 문운(文運)이 왕성하시기를 바랍니다. 그리고 본서를 기획 · 출판한 행복에너지사의 무궁한 발전과 『행복한 나들이』 제3호(여름)도 고대합니다. 감사합니다.

01
Chapter

나는 행복하다고

정말로 행복하다고

스스로에게 마법을 걸어보세요

정말로 행복해질 것입니다

아름다운 우리 인생에

행복에너지 전파하는 삶 만들어나가요

"

지는 석양에 긴 숨 내쉬며
청국장 한 사발 옹기종기
끓여 나누어 먹으리

"

권선복

충남 논산 출생
아주대학교 공공정책대학원 졸업
연세대학교 산학연 기술개발센터 자문위원
중앙대학교 총동창회 상임이사
자랑스러운 서울 시민상 수상
2018년 TV조선선정 대한민국을 움직이는 영향력 있는 CEO
도서출판 행복에너지 대표이사 happybook.or.kr
지에스데이타(주) 대표이사 gsdata.co.kr
대통령직속 지역발전위원회 문화복지 전문위원
새마을문고 서울시 강서구 회장
영상고등학교 운영위원장
전) 서울시 강서구의회의원(도시건설위원장)
전) 팔팔컴퓨터전산학원장

자신의 책을 세상에 내고 싶다는
작은 소망은 도서출판 행복에너지의
창립으로 이어졌다.
7년여 만에 600여 종에 달하는
도서를 출간한 중견 출판사로
회사를 발전시켰다.

행복을 부르는 주문

- 권선복

이 땅에 내가 태어난 것도
당신을 만나게 된 것도
참으로 귀한 인연입니다

우리의 삶 모든 것은
마법보다 신기합니다
주문을 외워보세요

나는 행복하다고
정말로 행복하다고
스스로에게 마법을 걸어보세요

정말로 행복해질것입니다
아름다운 우리 인생에
행복에너지 전파하는 삶 만들어나가요

더 밝은 내일

19

긍정의 힘

- 권선복

우리마음에 긍정의 힘을 심는다면
힘겹고 고된 길 가더라도 두렵지 않습니다.

그 어떤 아픔과 절망이 밀려오더라도
긍정의 힘이 버팀목 되어 줄 것입니다.

지금 당신에게 드리겠습니다.
열린 마음으로 받아들일 수 있는 긍정의 힘.
두 팔 활짝 벌려 받아주세요.

당신의 마음에 심어진 긍정의 힘이
행복에너지로 무럭무럭 자라날 것입니다.

아름다운 사람

– 권선복

아름다운 사람이 되고 싶습니다
내가 말한 말 한마디에
모두가 빙그레 미소 지을 수 있는 힘을 가진
아름다운 사람이 되고 싶습니다.

내가 보인 작은 베풂에
모두가 행복해할 수 있는
선한 영향력을 가진
아름다운 사람이 되고 싶습니다.

말보다 행동보다
모두에게 진정으로 내보일 수 있는
아이같은 순수함을 지닌
아름다운 사람이 되고 싶습니다.

 이배용 코피온

학력

~1984 서강대학교 대학원 한국사학 박사

~1971 이화여자대학교 대학원 사학 석사

~1969 이화여자대학교 사학 학사

경력

이화여자대학교 명예교수

2017. 06 제28대 문화재청 문화재위원회 세계유산분과위원회 위원장

2016. 11 (사)코피온 총재

2014. 04 통일부 통일교육중앙협의회 의장

2013. 09~2016. 09 제16대 한국학중앙연구원 원장

2010. 09~2012. 10 제2대 국가브랜드위원회 위원장

2009. 06 한국대학교육협의회 15대 회장

2008. 06 한국사립대학총장협의회 회장

2006. 08 이화여자대학교 13대 총장

수상

2012. 청조근정훈장

2011. 제47회 전국 여성대회 김활란여성지도자상

2010. 미국 사우스플로리다대학 글로벌리더십상

살아 숨 쉬는 역사

— 이배용

우리가 먼저
우리 것을 사랑할 때
자긍심을 가질 수 있습니다.

자긍심을 가져야
세계화시대에 당당할 수 있고
우리 문화를 넘어
세계 문화를 포용할 수 있습니다.

우리 조상들의 열정으로
어려움을 극복해 내고
오늘날의 대한민국을 만든 것처럼

역사를 통해 배우는 긍정의 힘이야말로
우리를 더 높고 넓은 세계로 이끌어주는
삶의 원동력이 됩니다.

지나간 역사가 아닌
많은 사람들에게 쉽고 재미있게 다가가는
살아 숨 쉬는 역사일 때 한결 빛이 납니다.

역사잊은 민족은 미래가 없다
수많은 지혜가 담겨 있는 정신문화의 보고인
우리 역사의 스토리텔링이
꼭 필요한 이유입니다.

어머니의 지혜와 힘

— 이배용

역사는 앞에서 이끄는 자만으로
이뤄지지 않는다네.
우리나라 역사의 굽이굽이마다
수많은 어머니의 강인한 심지와
영민한 지혜로 수레바퀴가 되었기에
오늘이 있는 것이지.

고구려의 시조 주몽의 어머니 유화부인
백제를 세운 온조의 어머니 소서노
삼국통일의 길을 닦은 신라의 선덕여왕
아들을 통일의 역군으로 키워낸 김유신의 어머니 만명부인
그리고 조선시대 훌륭한 인물을 키워낸 많은 어머니들까지

여성 특유의 직관력으로
위기 대처 능력을 키워주고
앞을 내다보는 예지력으로
새로운 역사 창조에 밑거름이 되어

과거에 연연하기보다는
미래를 향한 꿈을 키워주고
내 자식 역성들기보다는 사회와 국가를 향한
애국심으로 정신교육을 시키고

분노와 절망보다는 희망으로
상생의 리더십을 발휘하는
어머니들의 지혜와 힘이 있었기에
우리의 역사가 한 단계 발전할 수 있었던 것이라네.

당신의 마음이
민들레 씨처럼 퍼져나갈 때

― 이배용

어려움을 겪은 사람이
어려움에 처한 사람을
더 잘 도울 수 있듯이

개발도상국을 거쳐 온 우리가
배움에 어려움을 겪는
개발도상국의 아이들을
더 잘 도울 수 있습니다.

어려운 환경 속에서도
내일의 희망을 꿈꾸는 아이들을 향하여
당신의 마음이 민들레 씨처럼 퍼져나간다면

캄보디아의 아이들에게는 마음껏 읽을 수 있는 책을
몽골의 미술반 아이들에게는 하얀 도화지와 크레파스를
인도네시아의 친구들에게는 디지털시대의 창의력을
선물할 수 있습니다.

나눔의 가치는 더할수록 기쁨을 주고
나눔의 가치는 곱할수록 행복을 줍니다.
사랑은 나눌수록
세상을 아름다운 평화의 꽃으로 활짝 피게 합니다.

나눔의 가치를 전파하는 지구촌 시민 속에
(사)코피온의 마음이 있습니다.

전승현

(주)델몬트음료 대표이사
(주)진안물류 사장

전북 진안군 성수면 출생

2012년 연세대학교 경영전문대학원 상남경영원 유통전문경영자과정 29기
2013년 연세대학교 국제학대학원 글로벌리더십 포럼 1기
2015년 한국산업기술대학교 산업기술 최고경영자과정 31기
2017년 정운찬 동반성장연구소 창조혁신 최고경영자과정 2기 수료

한국산업기술대학교 산업기술 최고경영자과정(ITP: Industrial Technology Program) 31기 원우회장
전북 진안군 마령고등학교 총동문회장
재경 진안군민회 부회장
한사랑나눔봉사단 후원회장

2017년 한국산기대 ITP 총동문회 기업부문 최우수경영대상 수상자로 선정, 산업자원부 장관상 수상
제4회 대한민국행복나눔봉사대상 기업부문 최우수 혁신경영대상 수상

성공의 묘약

– 전승현

굽이굽이 이어진 삶의 길
그 길의 첫걸음을 떼기 위해
달랑 만오천 원 들고 무작정 상경하던 날
열아홉 나를 반긴 건 서울의 매서운 공기와 혹독한 현실

시련은 인생의 양념과 같아서
걸음을 옮길 때마다 길 앞에 버티고 서서
좌절과 극복이라는 양면의 동전을
툭, 내 앞에 던진다.

태산을 넘어야 평지를 볼 수 있듯
착한 발걸음을 옮기다 보니 저절로 알게 된
델몬트의 두 가지 성공의 묘약

좌절을 밀어내는 멈추지 않는 열정과 노력
시련을 극복하는 힘을 합친 사람들의 향기

순리順理
– 아내에게

– 전승현

적당히 흐린 어느 겨울날
묵묵히 곁을 지켜 주는 아내와 바람을 맞으러 갔다.
쪽빛으로 일렁이는 물결이
바람 한 자락과 창공을 가르는 새 두 마리와
사이좋게 어깨동무한 채 콧노래를 부른다.

바람이 불어야 배가 가는 법.
오랫동안 기다려 온 바람을 등에 업고
끈기의 돛을 올려 착하게 가닿은 곳이
다름 아닌 행복의 나라였으면.

바람 부는 대로 물결치는 대로,
순리(順理)를 좇아 하루하루 애쓰며 살아온
아내의 수척한 뒷모습이
저 햇살과 바람과 물결보다도 눈부시게 빛날 수 있었으면.

가만가만 속삭이며,
마음 다해 쓴 편지를 희망에게 부친다.

부모마음

- 전승현

문득
세상이
천근만근
무겁게 느껴질 때

절대
혼자라고
슬퍼하거나
불안해하지 마

은유 호군 은혜 호인
너희가
돌아보는 곳
어디에서나

너희의
등 뒤를
언제나 굳건히
지키고 있을 터이니

이성림

대구 광역시 출생

학력
대신대학교 문학석사
경북대학교 경영대학원 사회복지사 2급
현재 박사과정 재학 중

약력
경북외국어대학교 평생 교육원장(AGMP)
대신대학교 경영대학원 선진 교수 원장
(사)국제문학 문인협회 대구지회장
시인 : 수필작가

저서
『둥지』, 『그때 그랬잖아』, 『가설극장 외 50편』

수상
법무부 표창패, 봉사상 등 다수

활동
(사)법사랑, (사)효사랑 회장
라온힐 장애인 예술단 운영위원장
(사)대기총여전도회 9대 총회장
극동방송국 운영위원
CTS방송국 운영위원 외 30여 개 단체
현재 (주)가산 대표이사 회장

나의 기도

– 이성림

내가 나를 본다.
나는 어떤 사람인가?

내가 이 세상 떠났을 때
날 기억하고 그리며
가끔 눈시울 적실 그런 친구
만들어 놓았나?

내가 이 세상 떠난 후
혹여 그 인간 기억하기 싫다
할 사람 만들지 않았나?

오늘도 기도합니다.

세상 사람에게 인정받기보다
천국 가서 주님 뵈올 때
면류관 씌워 주며 칭송 듣는
그런 종으로 살아가길!

민들레 RC

- 이성림

노란 꽃 민들레꽃
작고 여린 꽃
솜털처럼 하얀 씨앗 봉오리

바람만 살짝 불어와도
높은 산도 넓은 들도
비탈진 외진 길도
훨훨 날아가 뿌리내려

모진 흑풍 밟히고 흩어져도
꿋꿋이 살아남아
봄이 오면 예쁜 꽃 피우는
노란 민들레꽃 작고 여린 꽃

미운 사람 고운 사람 외로운 사람
오는 길손 가는 길손
방긋방긋 웃으며 반겨주고
인사하고 사랑 주는

꽃도 잎도 뿌리마저도
온몸 다 바쳐
우리들의 차도 되고 약재 되는
고맙고 예쁜 민들레꽃

나도 이런 꽃이 되고 싶다
노오란 민들레처럼

세월

훔쳐라!
소용돌이치는 하늘 한 귀퉁이,
목이 빠져라 훔치고 있다.

흘러라!
조각난 하늘 사이,
흘러흘러 건너기 위해 너에게로 다리를 놓는다.

멈춰라!
너를 위해 훔쳐낸 저 황홀한 하늘,
가슴 가득 담아갈 터이니.

삶의 다리를 건너면
거기엔
언제나 네가 있구나.

함경식

학력
호원대학교 토목공학과 졸업

경력
강원산업(주) 입사
군산레미콘(주) 부장
(강원산업(주) 계열사)
풍안상사(주) 호남본부장 재직
(삼표(주) 계열사)
대주개발(주) 부사장 역임 (3년)
대운산업개발(주) 대표이사

수상
사단법인 대한노인회
군산시지회 지회장 감사패
전국 웅변대회 명예회장 공로패
서울대학교 국제대학원 공로상
도전한국인운동협회
2017년 도전신지식인 대상
한국창조경영인협회 창조혁신경영 대상
보건복지부 장관 표창장
전라북도지사 표창장
국방대학교 총장 감사장
국회 국토교통위원장 표창장

나에게 골재는

– 함경식

신용과 뚝심으로 걸어온 20여 년
나에게 골재는 삶의 나침반이요
인생의 이정표

위기가 닥칠 때는 극복할 끈기를 주고
주저앉고 싶을 때는 음양으로 도와줄
귀인들을 주었네

포기 대신 열정으로 다시 일어서니
저만치에서 나를 반긴 건
협력업체와 지역사회의 따뜻한 성원

꿈에서도 잊지 못할 그들의 은혜를 갚는 건
자부심을 갖고 참여한 새만금산업에
토석의 공급을 책임지는 유일한 군산채석단지로서

양질의 석·골재를 생산하고 차질 없이 공급하여
우리가 후손에게 물려주어야 할 국가사업에서
맡은 바 사명을 다하는 것

회사의 발전이 바로 지역의 발전이라는 일념으로
군산 발전에 이바지함과 동시에
지역주민과 함께하는 상생발전의 기틀을 다져나가리라.

한 번 더

- 함경식

마지막 계단을 밟고 나서 보게 될
세상이 궁금하지 않았다네.
새로운 것이라곤
눈을 씻고 찾아봐도 없었지.
제자리에서 맴맴 도는 것은
그러므로 필연이었다네.
실패는 그렇게 곁에 붙어
좀체 떨어지지 않았지.

그런데 이게 웬일인가.
뚝심으로 버티다 보니
나도 모르는 새 붉은 신호등이
푸른빛으로 바뀌지 않았겠나.
기적 없이 다가든 성공에
벅찬 감동을 느낄 수밖에.
그러고 보니 잠시 멈춰 서는 것도
꽤 좋은 일인가 보이.

살아야겠네,
절망보다는 희망으로 살아야겠네.
보게나, 어느새 파란 불일세.
자, 액셀레이터 밟고 한 번 더 가보자고!

햇살의자

저기
시린 손 주머니에
찔러 넣고 가는 이여

한달음에 달려가
안고 싶어라

움츠린 어깨
활짝
펴질 수 있게

길가에 의자
하나 놓고

햇살
그 촉촉한 손길
따스한 울림으로

그대 잠시
쉬었다 가게

이덕원

(주)대운 대표이사

1980년 11월에 설립된 ㈜대운은 철 구조물 및 자동화 운반기기 등의 철강 제조설비 전문제작업체입니다. 세계 최고의 철강업체인 POSCO 및 유수한 기업의 파트너로써 성장을 거듭하여 선진기업으로 발돋움 하고 있으며, 이러한 결과로 유수의 기업으로부터 수 차례 우수업체로 선정되는 등 품질의 우수성을 인정 받았습니다.

뿐만 아니라, 1999년 2월 별도로 법인을 설립하여 방송용 장비인 TV Monitor 종류 및 보안장비 분야로도 사업을 확대하여 정밀기계부품 전문 업체로도 인정받고 있습니다. 당사에서 공급한 제품에 대하여는 제품의 수명이 다하는 날까지 책임진다는 신념하에 고객의 입장에서 애로사항, 문제점, 건의사항 등을 수렴하여 현재보다 능률적이고, 생산적이며, 안전성이 확보되도록 최선을 다하고 있으며, 당사의 Know-How를 기존 제품에 접목시켜 최고의 품질과 최고의 서비스를 고객에게 제공하고자 노력하고 있습니다.

앞으로도 (주)대운은 끊임없는 연구개발과 기술개발의 집중투자를 통하여 최상의 제품 개발과 고객 여러분의 만족을 위하여 항상 변함없는 모습으로 최선의 노력을 아끼지 않을 것을 약속드립니다.

· 서울대학교 ABKI 6대 총동창회장

남이 가지 않는 새로운 길

- 이덕원

철강 제조설비 전문제작 업체로 시작하여
방송장비 제조와 정밀기계부품 전문 업체로
인정받고 있는 (주)대운은

당사에서 공급한 제품에 대하여는
제품의 수명이 다하는 날까지 책임진다는 신념하에
최고의 품질과 서비스를 제공하고자 노력합니다.

기존의 격식과 고정관념의 틀을 깨고
기존의 업무관행에서 벗어나 독창적 아이디어로
남이 가지 않는 새로운 길을 만들기 위해

끊임없이 연구하고 지속적인 고객관리 및
사후처리를 통해 200퍼센트
고객 만족을 실현하는 것

고객의 고객에 의한 고객을 위한
(주)대운의 대 고객 원칙이자
고객 여러분께 드리는 약속입니다.

(주)대운의 중심은 바로 고객 여러분입니다.

성공과 실패의 차이

– 이덕원

성공하는 사람들은
늘 먼저 큰 그림을 그린다.

실패하는 사람들은
생각 없이 바로 일에 착수한다.

목적을 달성하는 데
쓸 수 있는 힘이 10할이라면

그중 7할은 준비하는 데
써야 할 것이다

완벽한 준비야말로
우리를 원하는 목적지로 이끄는
성공의 비밀이다.

I Can & I Will

놓아서는 안 되는 몇 가지

— 이덕원

막 반환점을 통과했다.
꼭 여유롭게 살 필요는 없다.

이 세상에 절대적으로
좋거나 나쁜 것은 없다.

조급하면 조급한 대로
초라하면 초라한 대로

다만 절대로 놓아서는 안 되는
몇 가지만 잘 지키고 살면 된다.

그 몇 가지 중 첫째는
자신을 믿는 것이다.

둘째는 자신과 같이
사람을 세상을 믿는 것이다.

박언휘

소외계층을 위해 꾸준히 의료봉사를 하는 의사이자 시인, 수필가

2019년 2월 26일 '제8기 국민추천포상 대통령 표창' 수상
2019년 2월 21일 '자랑스러운 대구시민상 대상' 수상
장애인 예술단 '대구라온휠문화예술단' 구성
대한노화방지연구소 이사장
계간지 『시인시대』 발행인
재대구 울릉향우회장
저서 : 『미래를 향하는 선한 리더십』
　　　『안티에이징의 비밀』

의지가 있을 때 병은 치료된다
- 박언휘

진료실 창문 너머로 보이는 초록의 나무
매서운 겨울추위를 이겨낸 저 나무처럼
우리 병원을 푸르게 물들이고 있는
절망을 이겨낸 눈부신 나무들

죽음을 앞둔 사람들이
지푸라기라도 잡는 심정으로 찾아온
마지막 병원에서 기적처럼 다시 살아나
선물로 남기고 간 나무들

나무들을 보며 깨닫는다
환자가 치료받고자 하는 의지가 있을 때
의사가 어떻게든 치료하고자 하는 의지가 있을 때
그 병은 반드시 치료된다는 것

살고자 하는 의지
살게 해주고자 하는 의지
그 두 개의 의지가 만나
우리 몸의 염증과 같은 마음의 염증을 없애준다는 것

우리 병원을 희망의 초록빛으로
가득 메우고 있는 저 나무들이 그 증거다

소녀의 꿈

— 박언휘

울릉도에서 태어나
중학교 때까지 살았던 소녀는
감기나 맹장염에 걸리기만 해도
목숨을 잃는 주민들을 보고
의사가 되기로 결심하고

의과대학에 진학하여
등록금을 못 낼 정도로 어려워도
그것이 오히려 소외된 이웃과
환자의 마음을 헤아리는 데 도움이 되어

병원을 개원하면서부터
10년 이상 무료 진료를 하며
누군가에게 희망이 될 수 있는
사랑과 나눔을 실천하네

사랑은 세상을 밝게 만드는 등불이고
나눔을 실천하면 나만 행복한 것이 아니라
모두가 함께 행복하니
울릉도 섬소녀의 꿈이 마침내 이루어졌네

바람이 등을 밀면

까닭 없이 눈물이 날 때면
어디에선가 바람이 부르는 소리가 들려옵니다.

바람이 손짓하는 방향으로 달려가다 보면
하나둘 마음에 담겨져 있던 얼굴들이 떠오릅니다.

여전히 곁을 지키는 이들도 있고
이제는 떠나버린 이들도 있고
그 빈자리를 새롭게 지켜주는 이도 있습니다.

가슴 깊이 숨을 마시고
거짓말처럼 파란 하늘을 올려다보다가

잠시 눈을 감고 달리기 시작합니다.
하늘 담은 마음으로 그네들의 행복을 빌며.

그럼 말이지요,
어느새 얼굴 가득 따스한 햇살이 스며들고
살며시 등을 밀어주는 바람의 손길이 느껴집니다.

그러면 저절로 중얼거리게 되지요,
"아~ 행복하여라!"

행복은 어쩌면 이렇게 사소한 일상 속에서도
늘 반짝반짝 윤을 내고 있는 건지도 모릅니다.
단지 자신만 그걸 알아채지 못했을 뿐.

이종대

(주)국제기공 대표이사

본적: 경상북도 구미시 해평면
학력: 인천대 졸
취미/특기: 골프
(주)국제기공 대표이사 이종대.
주차설비 및 물류 자동화 시스템 전문업체
1988년 설립하여 31년간 운영 중

국제기공은 편안하고 안전한 주차설비가 필요하신 모든 분들에게
앞선 기술과 정확한 시공으로 완벽한 주차설비를 제작하고 있습니다.
빠르고 정확한 유지보수 능력으로 귀사의 주차설비를 언제나
처음과 같이 유지시켜 줄 것이며 항상 고객님의 의견에 귀 기울이고
최고의 서비스를 제공하기 위해 노력하겠습니다. 20여 년을 오직
주차설비만을 고집하며 앞선 기술의 선두가 되고자 노력하는
국제기공입니다.

언제나 처음처럼

– 이종대

문명이 발전할수록
편리해지는 것이 있으면
불편해지는 것도 있게 마련입니다.

급속도로 늘어난 차량의 수만큼
주차에는 많은 불편을 겪고 있는 요즘

20여 년을 오직 주차설비만을 고집하며
주차설비의 비약적 발전을 위해 노력해 온
국제기공(주)

빠르게 대처하는 기술개발만이
우리의 살길이라는 모토 아래

앞선 기술과 정확한 시공으로
완벽한 주차설비를 제작하고

신속하고 정밀한 유지보수 능력으로
귀사의 주차설비를 언제나 처음처럼
유지시켜 줄 것입니다

여러분 곁에서 항상 귀 기울이고
최고의 서비스를 제공하며
모든 일에 친절과 정직으로 다가가는
국제기공이 되겠습니다

안다는 것과 모른다는 것

– 이종대

안다는 것과 모른다는 것은 어떤 차이인가?
무언가 하나를 알고 있을 때
그 안다는 사실이 증명되지 않으면
그것은 모르는 것과 마찬가지인가?

혹은 무언가 하나를 알고 있다가도
어느 순간 잠시 잊으면
그것 또한 모르는 것과 다를 바 없는 건가?

뼈저리게 후회해도 매번 같은 실수를 반복하는 건
그 같은 행위에 대해 아는 것이 아니라 모르기 때문인가?
그렇다면 안다는 것의 경계는 어디까지인가?

많이 아는 것과 조금 아는 것.
많이 깊게 아는 것과 조금 얕게 아는 것,
혹은 많이 얕게 아는 것과 조금 깊게 아는 것.

이 경우 '많이'라는 전제가 붙으면,
깊든 얕든 늘 '조금'이라는 전제에 승리하게 되는 건가?
그렇지만 조금 알고 있어도 그것이 증명될 땐,
많이 알면서 증명되지 못할 때보다 좋은 건가?

사람을 안다는 건 배려이다.
불공평하게도 열 개를 배려하다
한 개를 배려치 못한 사람에게 더 인색하다.

처음부터 끝까지 아홉 개는 생각도 않고
한 개만 배려한 사람에겐 관대하면서.
어쩌겠는가, 그 불공평까지가 인생인 것을.

세상에서 제일 아름다운 카펫

봄 햇살이 눈부셔서
꼬옥 감고 있던 눈을
슬몃슬몃 뜨고 보니

세상이 온통
벚꽃 잎의 융단폭격을 맞아
새하얗게 변해 있다.

청춘이 매달려 있는 듯
화려하게 피어난 순백의 벚꽃이
어느새 후드득 후드득

지상으로 내려와
장엄한 생을 마치며
시리게 아름다운 장면을 연출한다.

벚꽃과 닮은 우리네 인생
화려하기도 하고
덧없기도 한

아, 세상에서 제일 아름다운 카펫이여!
그대를 타고 두둥실
이 봄이 가는구려.

조순태

동국대학교 대학원 복지행정학과 졸업(사회복지학 석사)
동국대학교 일반대학원 북한학과 박사과정(수료)

(사)국제여성총연맹한국본회 회장
(사)한국여성단체협의회 부회장
서울가정법원 조정위원
여성가족부 정책자문위원
(사)하나여성회 이사장
한국청소년쉼터협의회 이사장
한국양성평등교육진흥원 초빙교수
(사)생활환경운동여성단체연합 공동대표
여성가족부 중앙보육정책위원회 위원
국토교통부 NGO 정책자문단(소외계층 주거복지)
6.15 남북공동선언실천 남측위원회 공동대표
민주평화통일자문회의 자문위원(5기~18기)
여성평화통일단체연합 상임의장
한국다문화가족지원센터협회 자문위원
육아방송 자문위원
한국부부갈등상담연구원 이사장
법률구조법인 대한가정법률복지상담원 평생회원
세계여성단체협의회 평생회원
(사)한국문인협회 회원(시분과)

사랑과 미움의 간극

- 조순태

사랑할 때는
이 세상의 모든 것과
자신을 다 내어주어도
모자라 애태우며 안타까워하면서도

미움이 생기면
수많은 아름다운 추억과 연민도
한순간에 다 무너져
모든 것들이 내게서 멀리 떠나버린다

사랑도 미움도
삶의 한 부분이라지만
아, 이리도 메울 수 없는
사랑과 미움의 아득한 간극이여!

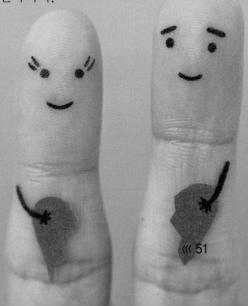

행복한 동행

- 조순태

나를 만나 그대가 행복해질 수 있다면
참 좋겠습니다

내가 있어 그대에게 위로가 되고
기쁨이 된다면
참 좋겠습니다

상담자와 내담자가 아니어도
가슴 켜켜이 쌓아둔 아픈 사연을
실타래처럼 풀어가며 함께 울고
함께 웃어주는

그런 사람이고 싶습니다

그리움

- 조순태

그립다
연말이 되니
더욱 그립다

옛 추억이
그립고
추억 속의
사람들이 그립다

더욱 그립고
그리운 것은
옛 사랑의 희미한 그림자
그 사람의 목소리다.

이태엽

주식회사 토담 대표이사
도전한국인운동본부 국회 보건복지위원장 표창장

(주)토담은 깨끗한 식품을 만들고, 안전한 먹거리 창출에 앞장서며, 최고보다는 최선을, 부모와 자식이 먹는다는 생각으로 식품을 생산하는 착한 기업이 되겠다는 경영 철학을 바탕으로 앞서가는 기술력과 노하우로 현재 업계 선두를 달리고 있습니다.

앞으로 저희 토담은 더 나아가 21세기에 적합한 세계적인 기업으로 성장해 고객 여러분의 성원에 보답하도록 하겠습니다. 감사합니다.

착한 재료 착한 정성 착한 마음

— 이태엽

부모와 자식이 먹는다는 생각으로
깨끗한 식품을 만들고
안전한 먹거리 창출에
앞장서는 (주)토담

지난 수년간의 노력과 시행착오를
도약의 디딤돌 삼아
앞서가는 기술력과 노하우로
고객님과 더불어 성장하고

어머니의 사랑 깃든 손맛처럼
착한 재료 착한 정성 착한 마음
그대로를 전해드리는
우리 몸에 정직한 기업

항상 고객님을 먼저 생각하겠습니다!
항상 최고보다는 최선을 다하겠습니다!
항상 정직한 재료로 정성껏 만들겠습니다!
항상 착한 기업 토담이 되겠습니다!

사랑과 정情을 싣고

― 이태엽

새해 첫날
방금 뽑아내 모락모락
김이 나는 따뜻한 떡에
사랑과 정(情)을 싣고 달립니다.

사람의 온기가 그리웠을
안성의 어려운 이웃들이
조금이라도 따스한
설날을 보낼 수 있도록

희망의 전령사가 되어
떡 하나에도 정성을 담아
이웃사랑과 나눔을 실천하는
토담의 마음

나와 너뿐 아니라
우리 모두가 함께
상생할 수 있는
행복의 지름길입니다.

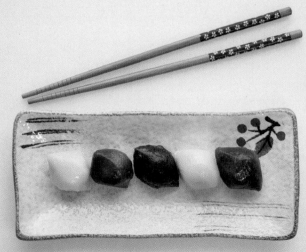

당신 덕분입니다

– 이태엽

지금보다 더 성장하고 싶은가?
지금보다 더 성공하고 싶은가?

나무를 봐.
저 혼자 자란 나무란 없어.

햇살과 비와 바람과 흙이
서로서로 감싸주고 도와주어

한 뼘씩 자라다 어느새
아름드리나무가 되었단 얘기지.

나만 잘해서 성공했다고
자만하는 순간,

성장은 멈추고 그것이
마지막 성공일 가능성이 높아져.

성장을 지속시키고
성공을 더 크게 만들고 싶다면

당신 덕분입니다!
라는 생각을 항상 지니고 있어야지.

02
Chapter

당신, 어느새 고개를 끄덕일 수 있는 나이가 됐네.
미안하고 고마우이.
이제는 내 차례라네.
언젠가는 당신, 서러움 없는 마음으로 세상 둘러볼 수 있게
당신의 그늘이 되어 줄 터이니.
"어서 오게나, 내 그늘에서 잠시 쉬었다 가시게!"

"

밤하늘에 떠 있는 달
고요한데
물 위에 내린 달,
쉬이 잠들지 못하고 뒤척인다

도시의 아픔이 탄천에 배었을까
세상의 번뇌가 탄천에 빠졌을까

"

이윤환
인덕의료재단
INDUK MEDICAL FOUNDATION

학력   1992년 안동 영문고등학교 졸업
1998년 안동과학대학 물리치료학과 졸업
2000년 안동대학교 물리학과 졸업
2003년 대구대학교 재활과학대학원 석사 과정 수료
2005년 대구대학교 재활과학대학원 박사 과정 재학

경력   2006년 3월 ~ 2011년 안동과학대학교 물리치료과 겸임 교수
2008년 01월 ~ 현재 KBS 안동 방송국 시청자위원
2008년 02월 ~ 현재 예천경찰서 경찰발전위원회
2009년 01월 ~ 현재 대구지방검찰청 상주지청 법사랑 운영위원
2009년 07월 ~ 현재 민주평화통일자문회의 안동지역회의 간사
2009년 12월 ~ 현재 안동경찰서 보안협력위원회 위원
2013년 03월 ~ 현재 안동 MBC 시청자위원
2013년 01월 ~ 현재 경북 양궁협회 부회장
2013년 03월   전) 대구지방법원 안동지원 민사조정위원
2014년 02월 ~ 현재 대구지방검찰청 상주지청 법사랑 운영위원
2015년 04월 ~ 현재 대한노인요양병원협회 기획위원장
2016년 06월 ~ 현재 경북지방경찰청 보안협력위원

수상   2008년 경상북도지사 표창
2012년 대구지방검찰청 상주지청장 표창
2013년 예천군수 표창
2015년 2015 대한민국 신지식인 선정
2016년 2016 대한민국 신지식인 국회보건복지위원장 표창
2016년 중앙일보 소비자의 선택 브랜드 대상 수상

행복한 병원

− 이윤환

한 걸음 한 걸음
자신만의 꿈을 향해
쉼 없이 달려온 인생길

그 마지막 길목에 다다랐을 때
열심히 달려온 그들의 손을
따스하게 잡아주기 위해

월급쟁이 물리치료사였던 내가
존엄케어를 실현시킬 복주요양병원을 세웠다

내 집처럼 편하게 생활하는 병원
가족처럼 자연스럽게 케어하는 병원
외로움으로 다친 마음에 사랑이란 약을 처방하는 병원

행복한 병원이라는
나의 꿈을 이루기 위해 필요한 건
오직 진정성이 더해진 불광불급(不狂不及)의 정신

남보다 두 배 세 배 미칠 만큼 노력하여
마음을 움직이고 사람을 움직이고 삶을 움직여
우리 모두가 행복한 병원

그곳에서 환하게 웃고 있는
사람들의 미소를 본다

나는, 당신은, 우리는

나는, 당신은, 우리는
어디를 향하여 가고 있는가?

산다는 건 자신이 선택한 길을 내내
죽음을 동무 삼아 가는 것
길든 짧든 자의든 타의든 둘이든 혼자든
길이 끊길 때까지 또박또박 걷는 것

죽는다는 건 목숨을 담보로 잡히고
빌린 세월을 불서에 상환하는 것
생명 있는 것으로 태어난 이상
그 순리를 거스를 수도 누군가 대신할 수도 없는 것

사람마다 출발지와 기착지는 달라도
도착지는 본디부터 정해져 있는 것
늦게 도착하려고 억지로 기수를 돌릴수록
더 빨리 당도하는 것

한탄하고 갈등하고 원망해 봤자
서둘지 않으면 눈 깜짝할 새 소멸되고 마는 것
행복하거나 불행하거나 공평하거나 억울하거나
삶은 유한(有限)한 것

어찌하여 이 불변의 진리를 이리도 쉽게 잊는단 말인가?
우리는, 당신은, 나는

살아간다는 건

- 이윤환

그리움에
사랑을 포개고

사랑에
외로움을 재우고

외로움에
서로의 귀를 기울이고

세월에
정성껏 자신만의
손때를 먹이는 것

살아간다는 건
그런 것이 아닐는지요.

이홍기

학력

1967 ~ 1971
한양대학교 경영학 학사

경력

골드라인그룹 대표이사 회장
국제연맹합기도 회장
W 필하모닉 오케스트라 이사장
전국경제인연합회 국제경영원 제62기
최고경영자과정 수료
연세대학교 경영전문대학원 AMP 총동창회 회장
대한민국을 생각하는 호남미래포럼 재정위원장
재경 전남 광주고교연합 동창회 회장

수상

2017 한국경제를 움직이는 CEO상
　　　대한민국 경제리더 대상
　　　제11회 대한민국 미술인의 날 대한민국미술메세나 감사패
2016 한국산업대상 글로벌부문
　　　제19회 한국로지스틱스대상 개인대상 경영자상
2015 대한민국 혁신대상
2014 대한민국신지식인연합회 대한민국 신지식인
　　　대한민국 혁신대상
2013 한국경제를 움직이는 인물 연구개발경영 부문
　　　대한민국 글로벌 CEO 글로벌 서비스 경영 부문
2012 대한민국 성공대상 물류표준화부문
2011 제8회 한국파렛트컨테이너산업대상 표준품질생산부문 지식경제부장관 표창
2009 대한민국 글로벌 경영인 대상
　　　한국물류대상 산업포장
　　　제6회 한국파렛트컨테이너산업대상 표준협회장상
2008 제5회 한국파렛트컨테이너산업대상 지식경제부장관상

행복의 대동맥

— 이홍기

기업 경쟁력의 근간인 물류는
살아 움직이는
대동맥과 같다

최소한의 비용과
최대한의 활용이 빚어내는
우리 모든 삶의 질 향상

천막에서 시작해
꿈을 이루는 창조기업으로
자리매김하기까지

발 빠른 추진력과
무한 긍정의 마음으로
달려온 30여 년

그 첫 번째 줄에 항상
고객이 있었고
앞으로도 변함없을 터

고객을 가장 먼저 생각하며
세상 방방곡곡
기업물류의 시작과 끝을 이어주는

행복의 대동맥
골드라인 그룹

열정의 보상

- 이홍기

열린 세상을 향한
열린 마음으로 체득한
다양한 경험은
남보다 한발 앞설 수 있는 비밀병기

욕심은 과하면 독(毒)이 되지만
꿈에 대한 욕심은
아무리 과해도
해가 되지 않는 법

욕심에 '노력'이라는 프리미엄이 붙어
성취해 낸 성공은
진정 하고자 하는
열정의 보상

하면 되고
할 수 있고
해야 한다는
꿈에의 굳건한 의지

마음을 크게 뜨고

- 이홍기

중력과 직각을 이루는
수평선 너머

강물이 우아한 자태를 뽐내며
하늘과 구름과 시간을 이고
바다에게로 달려가면

똑똑 떨어진 꿈 한 방울
또 다른 물길을 만들고

내가 멈추니 덩달아 멈춘
시간이 하늘이 구름이

빛살처럼 내려앉으며
따스하게 건네는 소리

마음을 크게 뜨고
살아라 살아라

박세창

(주)허브데이 회장
(주)로보터스 회장
(주)허브유통 회장
평창동계올림픽 집행위원장
세계무술협회 회장
제76기 전경련 최고경영자과정 원우회 회장

하루 5분 긍정훈련

베푼 만큼 돌아온다.
미래는 도전하는 사람의 것이다.
기업의 성패는 사람에게 달려 있다.
이 시대 가장 요구되는 것은 패기다.

【최종현 회장의 어록】

진실

— 박세창

팔랑팔랑 바람을 타고 날다가
천천히 눈을 감았다 뜬다.
진실이 있다면
내게 보이기를…

눈을 깜박일 때마다 속눈썹에 매달린
진실이 위태롭게 흔들리면
잠시 지친 날개 세우고 풀잎 위에 내린다.
비열한 욕심에 취해
진실을 외면하지 않기를…

두 둔을 부릅떠도
희망이 보이지 않는 슬픈 날엔
어깨를 두드려 줄 길동무 만나 술 한 잔 나누리니.
진실이 매번 진다고 해도
끝까지 버리지 않기를…

선택

- 박세창

비행기가 난다.
꿈이 난다.
시간이 난다.

비행기가 날아간다.
꿈이 날아간다.
시간이 날아간다.

나는 것은 의지고,
날아가는 것은 체념이다.
두 가지 다 마음속에 숨어 있다.

어떤 카드를 꺼내어 쓸지,
그 선택은 언제나
스스로가 하는 것이다.

발자국

한 걸음씩 꾹꾹
눌러 밟고 가고 있나요.

진흙길에 깊게 파인 타이어 자국처럼
당신의 삶에 새겨질 흔적을 선명히 남기고 있나요.

그저 습관과 타성에 젖어
뭐든 대충 하고 있는 건 아닌가요.

오늘, 눈과 가슴에 담겼을 수많은 풍경들이 말을 걸어오면
내일, 당신은 고개를 끄덕일까요 저을까요.

부디 걸음을 내디딜 때마다 혼동하지 마시길
당신이 걸어온 길과 걸어갈 길을.

등에 지고 있는 짐의 무게와는 상관없이
의지와 신념으로 봇짐이 채워질 때 그때 비로소

당신의 시간에 깊게 파인 하루하루의 발자국이 모여
새 길을 내게 될 것임을 절대 잊지 마십시오.

장성철

장성철 박사는 25년간 개인의 성공을 위한 동기부여와 기업 컨설팅, 칼럼니스트로 활동하고 있으며, 기업의 CEO와 일반인 대상으로 리더십과 커뮤니케이션 교육 프로그램도 운영하고 있다. 또한 젊은 인재들을 양성하기 위해 엔터테인먼트사와 벤처회사를 지원하고 있다.

학력

가천대 대학원 경영학 박사(인사조직)
서강대학교 경영대학원 MBA(경영학 석사)
연세대학교 언론 홍보대학원 최고위과정 11기 수료

경력

잭팟엔터테인먼트 회장
국제성공학연구소 소장
데일리경제 신문 회장
사단법인 한국중소기업경영자협회 수석부회장
동북아경제협력위원회 학술단장
카네기연구소 상무이사 역임
미국 데일 카네기 리더십 강사자격증 취득 카네기 교수
호원대학교 무역경영학부 겸임교수 역임
헤럴드경제 선정 2007년 한국의 아름다운 얼굴 20인에 선정

저서 · 역서

『고객을 쫓는 세일즈맨, 고객을 끄는 세일즈맨』
『재미있게 일하는 301가지 방법』, 『마인드 수업』
『최고 인맥을 활용하는 35가지 비결』, 『위대한 발견』
『시작하라』, 『작은 꿈이 꽃필때』

한류의 잭팟jackpot

- 장성철

예술가의 밭에
물을 주고 돌을 고르고
씨앗을 심어

단단하게 자라
개성의 열매 맺고
실력의 꽃피우면

대한민국을 넘어
글로벌 시장으로
진출해도 손색없는

한류의 잭팟(jackpot)을
팡! 팡! 터트린다

가수와 연기자
신인 발굴 및 유통까지
하나의 시스템으로 운영하여
최고의 스타를 양성하는

엔터테인먼트의 시작과 끝
엔터테인먼트의 새로운 미래
잭팟엔터테인먼트

마음속 별

– 장성철

감미로운 노래에 가슴을 적시고
신들린 연기에 마음을 빼앗기고

누구에게나 밤하늘의 별처럼
눈부시게 빛나는 스타들이 있다.

미소를 지을 만큼 기쁠 때에도
눈물이 나올 만큼 슬플 때에도

우리 곁에서 나지막한 목소리로
인생에 따스한 위로를 건네며

우리네 깜깜한 가슴속을 환하게
밝혀주는 수많은 별들

그 별들 중에는 분명
제 몸을 태워 주위를 밝히며

잠깐 반짝이다 사라지는 것이 아닌
영원히 마음속에 남는 별이 있을 것이다.

진정한 스타란 그런 것이다.

진정한 경쟁

— 장성철

내가 가진 것보다
남이 가진 것이
더 커 보일 때
비극은 시작된다

헛된 욕심으로
자신을 망치며
쓸모없는 허영으로
갖고 있는 것조차 잃는다

남이 아닌 스스로에게
눈길을 돌렸을 때
더 넓은 길이 열리고
더 깊은 길이 생긴다

스스로에게 집중하면
타인을 시기하거나
상대적 박탈감을 느끼는
시간조차 아깝다

어제보다 더 나은
오늘의 나를 만들려면
남이 아닌 어제의 자신과
경쟁해야 한다

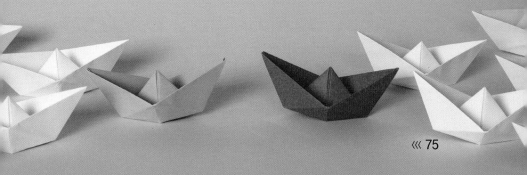

한창섭

학력

1989년 9월 동국대학교 경영대학원
2005년 3월 국립한경대학교 명예경영학
박사 취득

경력

1975년 1월 삼보실업 창업(대표)
1986년 3월 새마을운동중앙본부 안성군지회 지회장
1988년 9월 (주)삼보 대표이사
1989년 2월 경기도 연식정구연맹 회장
1990년 안성시 법원소액사건조정위원회 회장
1991년 7월 경기도의회 의원 건설분과위원장
1995년 8월 안성산업단지 관리공단 이사장
1996년 12월 경기도지방경찰청 치안행정 자문위원회 위원
1997년 4월 법무부평택지청 범죄예방 안성지역 위원회 회장
1991~2000년 안성상공회의소 제14~16대 회장
2000년 수원지방검찰청 평택지청 범죄예방 자문위원회 회장
2004년 4월 대한건설협회 경기도회 안성시협의회 회장
2007~2013년 복)안성시사회복지협의회 회장 및 안성지역사회복지협
　　　　　　의체 공동위원장
2007~現) 한국스카우트안성지구명예회장
2008~現) 사회복지법인 한길 대표이사(온정그룹홈, 한길마을, 안성시
　　　　　　서부무한돌봄네트워크팀 운영)
2009~現) 대한적십자사 전국대의원
2012~現) 국내 최초 직업중점 특수교육기관 한길학교 이사장

한길

– 한창섭

작게 그리고
천천히 자라는
지적장애인을 위해

꿈의 학교를 짓고
희망의 나무를 심어
자립을 가르치네

더디더라도 확실하게
바로 설 수 있도록
그들의 손을 잡고

우리가 함께
어울려 사는 세상을
만들기 위해

오늘도 나는
끝이 없고 멈춤 없는
한길을 걸어가네

따뜻한 길
행복한 길
사랑 가득한 길을

솜과 잉크 같은 사랑

- 한창섭

휴지와 물 같은 사랑이 아닌
솜과 잉크 같은 사랑이고 싶습니다.
제가 솜이면 당신은 잉크.
한 방울씩 천천히 사랑을 떨어뜨려도,
어느새 당신의 빛깔로 물들어 가는 저를 봅니다.
스며듦, 그 촉촉한 느낌이라니.
두리번거리지 마십시오, 저는 여기 있습니다.

바람 하나, 당신의 그림자가 길어졌으면.

가난한 나날을 삽니다.
소중한 이에게조차 내어줄 것이 없는.
아끼고 살필 무엇이 더 남아있다고
이리 인색한지 모르겠습니다.
어두운 밤 달빛 속에서 홀연히 내걸렸던 사랑이여,
눈멀고 귀멀어 당신 어깨 위에서만 살 수 있다면.
당신의 어깨 위로 하늘빛 구름이 솜처럼 내려앉습니다.

바람 둘, 제 그림자가 길어졌으면.

단풍

당신, 참 아름다웠어.
쏟아져 내리기 전에도 쏟아져 내린 후에도.

황홀한 당신의 자태에 취해
목을 길게 빼고 올려다보고 있자니
내 맘까지 당신 따라 곱디곱게 물이 들지 뭐야.

간이 딱 맞게 버무려진 당신의 고통과 인내와 달관이
가지마다 색색의 단풍으로 매달려서는
밤하늘의 별처럼 총총히 빛나고 있었어.

찬찬히 살펴보니
노랑은 이른 이별을 준비하는 당신의 한숨이고
빨강은 늦은 이별을 아쉬워하는 당신의 눈물이더군.

비와 바람과 시간이 편먹고 당신 등을 떠미니
그 등쌀에 못 이기는 척 떨어져 내리면서도
오호~ 당신, 제법 위풍당당하던걸.

머물 때는 최선을 다해 임무를 수행하고
떠날 때는 아무 미련 없이 자리를 비킬 줄 아는 것,
그것이 삶의 지혜라는 걸 당신이 몸소 보여 준 거야.

그렇게 또 한 번
별이 쏟아지듯 우수수 우수수
당신이 내 가슴속으로 쳐들어왔어.

당신, 참 멋졌어.
쏟아져 내리기 전에도 쏟아져 내린 후에도.

이재영

주식회사 다빈치게임즈는, 모바일게임에서 부터 온라인MMORPG를 아우르는 강력한 개발력을 바탕으로 세계 각국의 퍼블리셔를 대상으로 게임을 서비스하고 있는 게임개발사입니다.
2015년 출시된 모바일 RPG '그랜드체이스M'는 글로벌 400만 다운로드, 구글 신규인기게임/인기게임 1위, 아이폰 앱스토어 무료게임순위 1위 등을 달성하였습니다.

연혁

2013년 5월: 주식회사 다빈치게임즈 창립

2013년 6월: 모바일 RPG 개발 개시

2013년 10월: 모바일 RPG 프로토타입 개발

2013년 11월: 부산 G-star 참가

2014년 1월: (주)액토즈소프트와 정식 퍼블리싱 계약 체결

2015년 7월: 모바일RPG '그랜드체이스M' 글로벌 정식 출시

프로필

㈜다빈치게임즈 대표이사

동반성장연구소(정운찬 前총리 이사장) 최우수 경영인상 수상

㈜넷타임소프트 대표이사 역임

㈜베토인터렉티브 대표이사 역임

전남과학대학 게임개발학과 겸임교수

비트교육센터 C & Unix Network전문가 과정 수료

LG게임스쿨.게임프로듀서 과정 수료

명작을 그리다

- 이재영

스마트폰용 모바일게임 시장의
급변하는 변화의 물결 속
소수정예 인원만으로
세계적으로 눈부신 성장을 거듭하여

단순히 유행을 따르는 것이 아닌
진정한 명작만을 그리는 마음으로
세계 게임시장을 앞서가는
(주)다빈치게임즈

항상 유저의 관점에서 접근하여
누구나 공감할 수 있는 표현방식으로
게임 기능의 단순한 구현을 뛰어넘어
넘볼 수 없는 재미까지 선사하고

꾸준히 완성도 높은 명작을 개발하여
성공을 꿈꾸는 스타트업 게임기업의
희망이 되는 진정한 명작게임사
(주)다빈치게임즈

두 개의 길

– 이재영

우리 앞에
안전과 도전이라는
두 개의 길이 있다

어느 길을 택할지는
스스로의 선택에
달려 있다

안전한 길에는
위험은 없지만
발전도 없다

도전의 길에는
위험이 도사리지만
기회가 있다

오늘도 내일도
나는 도전의 길을
선택할 것이다

위험을 감수하지 않으면
영원히 우물 밖 세상을
볼 수 없기 때문이다

한 번뿐인 인생

— 이재영

절망을 극복한다고
희망이 오겠느냐고
비웃지 말라

적어도 삶을 체념한 채
허송세월하는
당신보다는 나을지니

적어도 주저앉은 채
남만 탓하는
당신보다는 나을지니

운명에 맞선다고
성공이 오겠느냐고
비웃지 말라

꿈을 꾼다고
행복이 오겠느냐고
비웃지 말라

적어도 스스로를 가둔 채
손가락질만 하는
당신보다는 나을지니

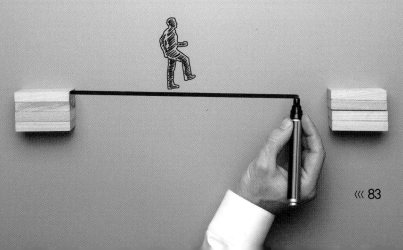

김한성

학력

성동기계공업고등학교 졸업
중앙대학교 기계공학과 졸업
중앙대학교 경영전문대학원 (MBA)

경력

오케이두리인력공사 대표 10년
대한민국 학사장교 육군 대위
쌍용자동차 영업교육팀장 외 9년
부동산 경매/개발/중개전문경력 10년
(사)건설일용근로자일드림협회 홍보이사
전국파출소개연합회 수석부회장
고용노동부장관선정 고용서비스우수기관
오케이집회전문컨설팅사 대표
(사)한국고용서비스협회 부회장

저서

『하루 일자리 미학』, 『인력사업성공전략』,
『일용근로자 미학』, 『통신다단계 퇴출백서』 외 3권

아빠가 두 딸에게

– 김한성

나에겐 두 딸이 있습니다.
이름은 보배와 진주입니다.
부를수록 좋은 느낌이지요.

큰딸 진주는 결혼 다음 해
90년 첫눈이 펑펑 내릴 때
축복 가운데 태어났습니다.

둘째 보배도 6년 지나 1월에
똑같이 함박눈이 오던 날
가냘프게 세상에 왔지요.

진주는 심성이 곱고 밝습니다.
보배는 의지가 굳고 강합니다.
자매라도 성품은 많이 다르죠.

어릴 때 아빠로서 바른 길을
보여주려 노력했으나 오히려
두 딸이 아빠를 품었습니다.

세월이 흘러서 엄마 아빠는
두 딸로 인하여 삶의 보람을
느끼며 과거를 돌아봅니다.

사랑하는 진주 보배야! 네가
옆에 있어 고맙고 행복하다.
아빠보다 좋은 신랑 만나라!!

아내

– 김한성

올해 결혼 30주년입니다

딸만 둘 낳고 살다 보니
육십 세 나이가 내년입니다.

88년 올림픽 때 군대 후배
소개로 아내를 처음 만나
가슴 설레던 날 많았지요.

그러나 돌아보면 같이 산
세월의 9할이 후회됩니다
이는 내 선택 때문입니다
아내와 다른 길 갔습니다.

세상사 인과응보 맞더군요.
얼마나 수많은 불면의 밤
보냈는지 모릅니다. 각방
쓸 때와 전쟁도 있었으며
아내가 원망스러웠습니다.

지나보니 다 내 탓입니다.
그 꽃보다 아름다운 모습을
나를 위하여 바치고 지금도
두 딸에게 희생하는 당신은
귀인이죠! 이제 아내와 한길
바라보니 비로소 행복합니다.

일기

일기 쓴 지 43년쯤 됩니다.

중학교 3년 연합고사 보고
시간이 넘쳐 시작하였습니다.

고등학교, 대학교 다닐 때는
취침 전 거의 매일 기록하고
이후 20년 가끔 작성했지요.

근래 인력사업 한 10여 년은
빠진 적이 없습니다. 무엇에
홀리듯이 저만의 왕조실록을
1일 1매 분량으로 썼습니다.

반드시 쓰지 않으면 괴로워
며칠 지나도 꼭 기록했지요.
그 성과들은 엄청났습니다.
평소 글짓기에 고개 휘젓던
제가 부담감이 사라졌어요.

14년 하루일자리 미학이란
첫 작품이 나온 후에 7권의
책이 얼굴을 내밀었습니다.
이 글도 일기가 없었더라면
꿈속에서나 가능하였을까?
가슴이 설레는 나날입니다!

이충희

1970년 휘문중학교 졸업
1973년 휘문고등학교 졸업
1977년 경기대학교 관광경영과 졸업
1986년 경기대학교 대학원 관광경영과 졸업

경력 1979년 10월 – 1991년 5월: ㈜호텔신라 점장
1991년 6월 – 1993년 3월: ㈜유로통상 이사
1993년 3월 – 현재: ㈜듀오 대표 겸
　　　 – 2002년 백운 장학 재단 이사장 취임
　　　 – 2002년 백운 무역 대표
　　　 – 2006년 ㈜로리앙 대표
　　　 – 2009년 백운갤러리 대표
　　　 – 2010년 정무포럼 공동의장
　　　 – 2013년 휘문고등학교 장학재단 이사
　　　 – 2015년 학생군사학교 발전재단 이사장
　　　 – 2016년 고려대장학재단이사

기타 ROTC 중앙회 수석 부회장 역임
ROTC 제15기 동기회장 역임
ROTC 경기대학교 동문회장 역임
휘문고등학교 65회 동기회 회장 역임
서울예고 학교운영위원장 역임
2008년 01월 자랑스런 휘문인상 수상
2008년 04월 이탈리아 문화 훈장 수훈('꼬맹다토레'(Commendatore))
2008년 08월 동국대학교 행정대학원 최고위치안정책과정 원우회장
2009년 02월 세종문화회관 르네상스 CEO과정 수료
009년 06월 고려대학교 경영대학원 최고경영자(AMP)과정 수료
2011년 02월 KAIST S+ 컨버런스과정 수료
2014년 02월 서울대 과학기술산업융합 최고전략과정 25기 수료
2011년 10월 대통령 국민포장 수상
2013년 12월 세종대왕 나눔봉사대상 국방부장관상 수상
2013년 12월 고려대 경영전문대학원 최고경영대상 수상
2014년 10월 문화체육부장관 표창
2015년 12월 자랑스런 ROTCian상 수상
2011년 2017년 자랑스런 경기인상 수상

받은 만큼 돌려준다

- 이충희

우리가
지금
이 자리에
있을 수 있는 것은
특별하기 때문이 아닙니다.

평범하지만
정직과 투명성
그리고 기본을 지킬 줄 아는
기업이 되고자
노력한 것밖에는 없습니다.

고객에게 받은 사랑을
받은 만큼 다시
고객에게 돌려주는 것

그렇게 우리 모두가
함께 만들어 가는 행복한 세상
착한 기업 (주)듀오가
꿈꾸는 세상입니다.

인사동 꼬맹이

– 이충희

뎅그렁뎅그렁
추억의 풍경(風磬)이
가슴속에 그윽하게 울리면
졸랑졸랑 아버지 손을 잡고 드나들던
인사동의 골동품 가게와 화랑들

그 거리 어딘가에서
맘에 드는 물건을 발견할 때마다
월급 타면 꼭 갚겠다며
가게 주인과 실랑이하던
어제처럼 생생한 아버지의 모습

가난한 윤리선생님이어도
인사동 거리에서는 늘 행복하던
아버지를 따라다니며
자연스럽게 습득한
예술에 대한 관심과 흥정의 기술

어느새 훌쩍 자란
인사동 꼬맹이는
그 따뜻한 추억을 밑천 삼아
젊은 화가들을 응원하는
갤러리를 열었다네

아버지와의 추억이 아롱다롱
젊은이들의 꿈이 방울방울 매달린
백운(白雲)갤러리

행복의 지름길

– 이충희

세상에서 혼자라고
느껴질 땐
주위를 둘러보세요

생각보다 가까운 곳에서
당신을 지켜보는 누군가가
있을지도 모르니까요

세상이 더 이상
춥고 외로운
망망대해 같지는 않을 거예요

어렵지만 서로 나누며
함께 살아가는 방법을
깨우치게 되면

지금, 바로, 대가 없이
누군가를 돕는 것부터
시작해 보세요

그 첫걸음이
남이 아닌 나부터 행복해지는
지름길이 될 수 있으니까요

이보규

충북 과산 출생

학력   서울시립대학교 도시과학대학원 행정학 석사
서울대학교 행정대학원 국가정책과정 수료

경력   현 21세기사회발전연구소장/ 대표
서울시 산하국장 및 서울시 한강사업본부장 역임
용인대학교 산업정보대학 외래교수 역임
호서대학교 창업대학원 초빙교수 역임
동서울 대학교 교양과 객원교수 역임

수상   새마을 훈장 근면장 수상
홍조근정훈장 수상
대한민국 신창조인 대상 수상 – 강사 부문 외 다수

저서   『이보규와 행복디자인 21』
『잘나가는 공무원은 무엇이 다른가』
『잘나가는 공무원은 어떻게 다른가』
『제4차 산업혁명』, 『대표 강의』, 『행복한 삶』 등 공저 외 다수

기타   수필가, 시인,
한국문인협회 한맥 문학회 회원,
서울시문인회 이사

길

- 청암 이보규

가고 싶어도 멀어서
갈 수 없어 더한 그리운 길
지금 그곳으로 간다

초행길,
낯설고 험하고 힘들어도 좋다

배고파도
참고 견디면 되고
지치면 쉬어 가도 그만이다
내리는 비는 맞으면 되고
찬바람 추위에 떨어도 그만이다

혼자 걸어도
서러워할 일이 아닌,
누가 어디 가느냐고 묻는다면
그냥 가고 싶은 곳을
가는 중이라고 말하리라

가야 하는 길이기에
지금 그곳으로
나는 나의 길을 묵묵히 걸어간다

생과 사

– 청암 이보규

어둠 속에는
반딧불도 빛난다.

거리의 가로등도
뒷골목 보안등도
빛의 동반자는
서로 어깨동무
기쁨의 춤을 춘다

아침 햇살이 비추면
온천지를 더 밝힌다.
어둠속에 빛나던
작은 빛이 사라진다.
오직 태양만이 주인이다.

어둠과 빛의 교차는
명암의 숨바꼭질
승자도 패자도 없다
결국은 빛도
그 순간에 머문다.

생과 사의 갈림길에 서면
조용히 눈을 감는다.
어둠이 다가오면
버티던 빛의 향연도
현란하던 곡예도 막을 내린다.

한식날 성묘 이야기

- 청암 이보규

새 봄 날씨가 포근하다.
양지바른 산소에는 노랑나비가 춤춘다.

지나간 세월이 모두가 오늘이다.
할아버지의 기침소리도 들리고
할머니의 배 밀어주시던 손길이 따스하다.
어머니는 올갱이국을 끓이고
아버지의 호통소리는 담을 넘어간다.

마당의 강아지는 꼬리 흔들기 바쁘고
붉은 벼슬의 수탉은 목청을 돋운다.
꿀꿀대는 검은 돼지소리는 교향악이다.

시공을 초월한 공간에 머문다.
백발의 큰 형은 초등학생이고
작은 형도 군에서 나온 휴가병이다.
동생은 아직도 코흘리개이다.

나는 꿈꾸는 중학생 소년이다.
지평선에 아지랑이도 보이고
하늘에는 종달새 노랫소리가 지나간다.
숨바꼭질하던 친구들도 다 모였다.

그런데 눈물이 난다.
모두가 다시 돌아올 수 없는 그리움이다.

황종덕

경력
기술사
기술거래사
대한민국산업현장교수
국가과학기술인
(주)토문ENG/CM사업단
『한울문학』등단/신인문학상
사랑의책나누기운동본부/독서코칭강사
현대인재개발원/이러닝강사

하루 5분 긍정훈련

사람이라면 누구나 목표에 집중해야 한다.
가장 뛰어난 모델은 종종 가장 단순한 것에 있다.
순탄할 때는 모든 사람들이 앞다투어 나올 수 있지만
역경에 처할 때 지도력이 나온다.

【마윈 알리바바 회장의 어록】

쯧 쯧

- 황종덕

벼룩의 눈곱을 보았다
그 눈곱만큼 받고 나서
벼룩의 눈곱이 간보다는
무척 작다는 걸 알면서도
다시 면밀히 들여다봤다

몹시 못마땅하였지만
그마저 못 받았더라면
서운해해야 하는 건지
벼룩의 간을 내어 먹듯
눈곱만큼이라도
내어 먹어야 하는 건지

대체 판단할 수 없기에
잠시 하늘을 우러러
알량한 눈곱만큼 고민해 보니
혀를 차는 소리가 정답일듯.

우물 안 개구리의 일상

- 황종덕

우물에서만 살아가는 개구리가
우물 밖을 보려고
궁리 끝에 널뛰기를 하였지요.

"우물 밖에는 뭐가 보이니?"
"하늘뿐 보이는 게 없어!"

우물 안 개구리는
보이는 것이 전부라 착각하고
흥얼흥얼 콧노래를 불렀지요.

"우물 밖 보이는 것은
세평 남짓 하늘뿐
우물 안엔 물방개 친구도 있고
소금쟁이 먹잇감도 있어
세상물정 몰라도 된다네."

유죄

- 황종덕

테트라포드에 오르려다
떼로 이동하던 깜장 콩 벌레를
본의 아니게 밟았습니다.

동행 길의 또 다른 깜장 콩 벌레들이
흠칫 놀라 움츠러들더니만
깜장 콩으로 둔갑하였습니다.

또르르 말린 깜장 콩들은
때마침 불어닥친 바람에 의해
대굴대굴 굴러 떨어지더니
포말 속으로 사라졌습니다.

우연의 실수라지만
그 많은 깜장 콩을 빠트리게 한
이 사람을 어찌해야 하나요.

03
Chapter

식탁을 만들며 상상한다
식탁에둘러앉아 대화를 하고
식탁 위에 올려질 음식들을 생각하며

사람들은 집안을 아름답게 디자인하고
만들어 가는 일에 감동하며
체리쉬디자인 가구의 아름다운 공간을
상상해본다

그대가 내 곁에 있으면
내 둘레의 모든 것이 숨을 쉬며
생동한다.
하늘이며, 바다며, 바위며,
나무들까지

조인현

(주)코스모토 회장

2015 (사)한국재능기부협회 주관 "2015년 서울시장 표창" 수상
2016 한국기계전기전자시험연구원 IECEE(국제전기기기 인증제도) CB인증취득
2017 한국전문언론인협회 "이달의 리더" 선정
     (사)한국재능기부협회 주관 "재능나눔 공헌대상" 수상
2018 (사)국민성공시대 주최 "제8회 대한민국 성공대상" 수상
     "2018 대한민국베스트브랜드대상 산업(전기절전기) 부문" 대상 선정
     (사)한국창조경영인협회 주관 "창조혁신경영 대상" 수상
2019 (사)도전한국인운동협회 주최 "모범시민상" 수상

주식회사 코스모토는 '신 에너지 문화 창조'라는 슬로건을 걸고, 최첨단 에너지 절약 기기의 개발과 보급을 목표로 오늘도 굵은 땀방울을 흘리며 최선의 노력을 다하는 꿈을 가진 소중한 기업입니다.

1996년부터 많은 노력과 연구를 거듭하며, 우리나라의 숙원인 에너지 절약을 실현하기 위하여 투자를 아끼지 않았던 당사는, 동종업계 최초로 실질적인 전기 사용설비에 적용되어 안정적으로 전력 효율 개선을 할 수 있는 신절전기술을 개발하게 되었습니다. 그리고 이 신절전 기술을 바탕으로 전압(V) 강하 없이 안정적인 전력 개선을 통해 최고의 전기 절감을 유지할 수 있는 "코스모토 절전 시스템 (CESS)"을 선보이게 되었습니다.

또한 "코스모토 절전 시스템(CESS)"에 대한 신기술은 특허획득을 계기로 많은 전기 전문가들에게 알려지면서 지대한 관심의 대상으로 부각되었고, 이들이 시행한 수많은 시험과 검토를 통하여 얻은 결과치를 보고 신뢰할 수 있는 절전 기술이라 인정받기에 이르렀습니다.

더불어 에너지의 효과적인 절감을 통하여 기업 경쟁력과 나아가 국가 경쟁력을 확보하는 데 조금이나마 이바지하고자 모든 힘과 역량을 집중하여 상생하는 기업으로 성장해 나아가겠습니다.

꿈을 나누는 기업

– 조인현

우리나라의 숙원인
에너지 절약을 실현하기 위해
한 번도 한눈팔지 않고 달려온 20여 년

그 길목에서 성취해 낸
순수 국내기술로 개발된
코스모토의 에너지 절약 시스템

미래의 비전을 가지고 하루하루 최선을 다하고
믿을 수 있는 제품 생산을 통해 신뢰를 얻으며
더 나아가 모든 이에게 꿈을 나누어주는 기업

여러분들과의 귀중한 만남이
행복한 미래를 기약할 수 있는
또 다른 계기가 되기를 소망하며

'신(新)에너지 문화 창조'라는 슬로건을 걸고
오늘도 코스모토는
굵은 땀방울을 흘리며 미래의 꿈을 나눕니다.

선한 영향력

- 조인현

연탄을 나르며 슥슥
이마에 맺힌 땀방울을 닦아내면
어느새 검댕이가 묻어있고

흰 얼굴 여기저기
새까맣게 묻어있는 검댕을 손짓하며
서로 환하게 웃음 짓는다.

연탄 한 장에 실린 작은 사랑이
따스함의 군불을 지펴
삶의 주름살을 펼 수 있다면

그렇게 나눔을 실천하는 아름다운 모습으로
서로가 서로에게
선한 영향력을 끼칠 수 있다면

지금보다 훨씬 행복한
대한민국이 되리라

눈부신 그늘

- 조인현

그늘이 눈부시다는 걸
아시는지요.

제 안에도 드리우고 싶습니다,
눈부신 그늘 몇몇.

내일을 꿈꾸는 마음으로
나무를 심고

어느새 쑥쑥 자라
햇살과 만난 나무가 쉼터를 만들면

땡볕 아래
세상사에 지치고 헐벗은 이들

눈부신 그늘 아래에서
마음이라도 편히 쉬었다 가게.

황성구

Ace partners

한국해양대학교 해운경영학과(박사수료)
한국외국어대학교 국제해운물류학과(석사)
한국해양대학교 해사수송학과(학사)

Acepartners Group 부회장(現)
아름다운 맘㈜ 부회장
코스나㈜ 부회장

경력요약
신효산업㈜ 대표/CEO (2015~2018)
부산항만공사 부사장/운영본부장 (2010~2014)
세방㈜ 기획본부장 (1980~2009)

특기사항
KAIST AIC 최고컨설턴트 과정 수료 (2001)
산업포장 수상/해양수산진흥유공 (2012.05.31)
대통령표창 수상/해양수산진흥유공 (2005.05.31)

내 인생의 참 벗 진실

— 황성구

팔랑팔랑 솔바람 타고 날다가
천천히 눈 감았다 뜬다
소리 없이 살며시 다가오는
진실이라는 벗 생각하며

또다시 눈 깜박일 때마다
속눈썹에 매달린 진실 흔들리면
잠시 지친 날개 세우고
풀잎 위에 내린다

한없는 나약 헛된 욕심으로
벗이 외면하지 않기 바라며
혼자서 조용히 읊조려 본다

두 눈 부릅떠도
희망 보이지 않는 쓸쓸한 날엔
어깨 두드려줄 진실한 말동무와
한 잔 술 나누리

텅 빈 마음으로
벗이 보이지 않는 외로운 날엔
가슴 보듬어줄 진실한 길동무와
두 손 맞잡고 가리

공수래공수거 空手來空手去

- 황성구

한잠 자고 깨어보니
낯선 길에 내가 있네

사라진 것은 꿈
남은 것은 허상

눈 부비며 찾아봐도
너 있던 길에 내가 없네

머문 것은 그림자
멈춘 것은 마음

풀잎 맺힌 아침이슬
어느새 없어지고

백련 못 물방울도
어디론가 사라졌네

빈손으로 왔다
금새 다시 빈손

형상 아닌 마음
돌아가는 본래 자리

마음의 창窓

– 황성구

마음에 창 달고 가만히 바라보노라면
그 안에 해 지고 달 뜨고 별 빛난다

오랜 집 사이사이 숨바꼭질 할라치면
두 눈 가리운 나의 손 술래 풀고
삶의 숨은 그림 찾아 나선다

안과 밖에 튼튼한 덧창 하나 달아 놓고
햇살 좋은 날엔 활짝 열어젖히고
비바람 들이치는 날엔 꼬옥 닫아걸련다

창이 열릴 때 있으면 닫힐 때도 있는 법
그걸 잊은 채 안에선 밖 밖에선 안 그리며
삶의 무늬 저절로 달라지기 바라네

한 돌 한 돌 정성껏 쌓아올린 담벼락에
굽은 등 기대노라니 세월 따라 돌아온 길
하늘 아래 내게로까지 이어 오는구나

삶의 손 드잡고 새로운 길 걸어갈라치면
찬란한 아침 햇살 비친 나의 창 너머로
정겨운 봄 소식 피리소리 들려오누나

이형규

現) (주)동우씨엠 ┐
現) (주)코스메인 ├ 동우씨엠 그룹 회장
現) (주)헤베니케 ┘
現) 한국화장실문화협의회 이사
現) 서울 북부지방법원 조정위원회 위원
現) 서울 중랑청년회의소(JC) 회장
現) 한국청년회의소(JC) 중앙감사
現) 민주평화통일자문회 중랑지부 11.12 회장
現) 중랑경찰서 행정자치발전위원회 위원

수상
국무총리 표창
식약처장 표창
국회의원상 수상
(사)한국화장실문화협의회 문화공로상 수상
자랑스런 중소기업인상 수상

향기가 있는 세상

- 이형규

가난한 섬마을 소년이
꿈꾸던 세상에는
향기가 있었습니다.

향기 나는 세상을
만들기 위해
일념통천(一念通天)의 자세로

온 마음을 기울여
하늘을 감동시킬 만한
향기를 찾고 또 찾았습니다.

고난 속에서도
생각하고 그리는 대로 이뤄진다는
신념을 믿고 걸어온 길

그 길 끝에서 만난 건
사람과 사람 사이의 향기
생활 속에서 묻어나는 아름다운 향기

그 향기와 향기 사이
당신 곁에 언제나
동우씨엠이 있습니다.

행복의 지름길

– 이형규

너무 과하게 욕심을 부리고
자신이 갖지 못한 것을 가지려 하고
지금 갖고 있는 것을 평생 내 것처럼 여기면

평온보다는 고통과 친구가 된다.

내가 땀 흘리고 노력한 만큼 얻고
남에게 피해 주지 않으며 살고
남을 바꾸기보단 스스로를 바꾸어야

고통 대신 행복과 친구가 된다.

성격이 급한 사람은 급한 대로
욕하는 사람은 욕하는 대로
느린 사람은 느린 대로
개개인의 성향 자체를 인정하는 것

스스로 행복해질 수 있는 지름길이다.

술래잡기

– 이형규

인생의 언덕길에서
쓰윽 한 번 내려다보니
제법 많은 길을 지나온 것 같구먼.

때로는 숨 헐떡이며
때로는 여유만만 폼 잡으며
글케 그놈의 꽁무니만 쫓아다니면서
어느새 예까지 왔네그려.

좀 쉬었다 가자 해놓고
고샐 못 참아 안달복달하고
좀 빠르게 가자 해놓고
고샐 못 참아 퍼질러 앉아 있으니,

언제쯤에야 이 끝없는 숨바꼭질에서
술래 노릇 좀 안 하며
살 수 있을지 모르겠구먼.

박배균  후불제여행사 투어컴

후불제여행 투어컴 회장

2011 한경닷컴 중소기업 브랜드 대상 수상
2013 사단법인 한국론인연합회 자랑스런 한국인 대상
2014 대한민국 창조문화예술대상
2015 스포츠조선 대한민국 고객만족도 1위 여행사 선정(후불제여행
      부문)
      제9회 대한민국 환경문화예술대상 수상(서울시장상)
2016 동아일보 주최 2016국가 소비자 중심 브랜드 대상
      제10회 국가지속가능경영 대상 공정거래위원회 위원장상 수상
2017 가족친화 인정기업 선정
전라북도 도지사 "제 44회 관광의 날" 표창장 수상

저서
『여행 보내주는 남자』(2015)

후불제 여행사의 시작, 신뢰

– 박배균

한 번도 가본 적 없는 나라
그곳에 첫발을 디딜 때
찌르르 눈과 가슴으로 전해져 오는
가슴 벅찬 전율과 설렘,
여행이 꿈인 이유

눈앞에 펼쳐진 새로운 풍경을 보면서
꽉 막힌 시야를 넓히고
나와 다른 삶을 배우고
갇힌 세상에서 열린 세상으로 나아가는 것,
여행이 행운이자 축복인 이유

떠나는 것을 상상하는 것만으로도
가슴 두근거리는 이들을 위해
그 상상을 구체화하고 현실화시켜
여행의 시작부터 끝까지 든든한 후원자가 되는 것,
내가 여행을 평생의 업으로 삼은 이유

큰맘 먹고 어쩌다 한 번 떠나는 여행이 아니라
매월 적은 돈을 투자해
원하는 때마다 여행을 계획하고
각자에 맞게 디자인할 수 있다면,
최초의 후불제 여행이 탄생한 이유

고객의 만족을 위해
매 순간 최선을 다하고
작은 일 하나에도 정성을 쏟으며
한결같은 신뢰를 줄 수 있는 여행사,
불황 없는 투어컴의 존재 이유

성공과 사람은 동의어

— 박배균

세상 모든 것은
오로지 마음먹기에 있다 하지만
세상 모든 일이
어디 또 그렇기만 하랴

한눈팔지 않고
열심히 노력하면 성공한다 하지만
한 우물을 파도
실패에 부딪혀 넘어지기 일쑤

세상이 정해 놓은 정답에서 벗어나
내가 꿈꾸는 성공에 다가서려면
남겨야 할 것은
이윤이 아닌 사람뿐

돈과 명예처럼 쉽게 흘러가지 않고
순간적이지도 않은
사람의 힘
성공과 사람은 동의어

'행동'이라는 무기

— 박배균

스스로를 발전시키는 건
누군가의 정답이 아닌
나만의 정답이 필요한 일

역경을 헤쳐 나가는 것도
절망을 희망으로 바꾸는 것도
오직 나만의 과제

좋아하는 일을 하며 성공하는 건
누구나 바라지만
아무나 할 수 없는 일

생각하는 사람보다
더 무서운 건
행동하는 사람

쉽게 생각하고
무조건 움직이는 것
성공의 가장 큰 무기 '행동'

박희천

학력

밀양초동초등학교 졸업/초동중학교졸업

김해건설공업고등학교 기계과 졸업

부경대학교 기계과 졸업

한국방송통신대학 경영학과 졸업

울산대학교 산업대학원 산업공학과 졸업(공학석사)

한국해양대학교 대학원 기계공학과 졸업(공학박사)

경력사항

한국프랜지공업 주식회사 근무(최종직위: 과장)

(주)케이에스피 근무(최종직위: 기술연구소장, 대표이사)

부산대학교 기계공학과/겸임교수

(주)미래테크 창업(대표이사)

수상경력

경남 중소기업대상 수상(창업벤처부분)

산업포장 수훈(열린고용정부포상)

기술경영인상 수상-신재생에너지기술선도(한국산업기술진흥협회)

산업통상자원부장관 표창장 수상(신재생에너지 유공자)

국토교통부 장관 표창장(스마트시티 서밋 아시아 10대 우수기업)

도전한국인 대상수상

2018 국토교통부 스마트시티 서밋아시아 10대 우수기업

핑계

- 박희천

바쁘다는 핑계로
자주 찾아 뵙지도 못했는데
어렵다는 핑계로
용돈도 많이 못 드렸는데

고3 손자 밥 사주며
기뻐하는 엄마.
새 옷 사주는 손녀가
고마워 즐거워하는 엄마.
며느리 용돈에
행복해하는 엄마
하루도 빠짐없이
아들 위해 기도하는 엄마.

하루를 함께하니
손녀가 며느리 되고
며느리가 할머니 된
모습이 떠오르네.

여름 내음의 숲길

— 박희천

나는 끝이 없을 것 같은
숲속 길을
걸어가고 있다.

맑은 공기 마시며
발걸음 가볍게
걷고 또 걸었다.

걸어도 걸어도
끝이 없을 것 같은
이 숲속은 왜 걷고 있나.

땀 흘리며
한 바퀴 돌고 보니
앉은 그 자리네

마음으로 숲속길
걸어도
행복한
힐링이 되나 보다.

비양도

— 박희천

제주도 서북쪽 비양도
눈앞에 보이는 작은 섬
한림항서 뱃길 10분 거리
비양봉이 안아주네

날아온 섬 비양도
2.5킬로 해안선 돌고 나니
천년세월 함께한 것 같고
한 명뿐인 비양분교
시끄러울 리 만무하네

아름다운 어촌 비양도
녹색섬 5형제와 함께
탄소 없는 섬으로
남겨지길 염원하네.

조성제
에몬스가구

1961년 10월 4일 전남 순천 출생
2018년 2월 13일 인하대학교 경영대학원 경영MBA 석사
1989년 2월 10일 서울시립대학교 법학과 졸업
2008년 1월 20일 인천대학교 경영대학원 최고경영자과정 수료
2013년 11월 25일 서울대학교 문헌지식정보 최고위과정(제4기)
2015년 10월 20일 서울대학교 국제대학원 중국 최고위과정(제1기)

현) 주식회사 에몬스가구 사장
2010년 3월 (주)에몬스가구 사장 취임
2007년 1월 (주)에몬스가구 전무이사 승진
2004년 7월 (주)에몬스가구 상무이사 입사

2017년 11월 2017 대한민국 좋은기업 최고경영자상 수상(한국표준협회)
2017년 12월 자랑스러운 서울시립대인상 수상(서울시립대학교)
2016년 12월 공로상 수상(서울시립대학교)
2014년 10월 산업통상자원부 장관 표창(세계표준의 날)
2013년 12월 인천광역시장 표창(경영합리화와 노사화합)

가구에 표정을 만든다

– 조성제

미래를 디자인하고
자연을 생각하며
새로운 공간의 가치를 창조하는
표정 있는 가구

40년 토종기업
에몬스의 자부심과
고객의 신뢰가 하나 되어
만들어 갈 아름다운 생활문화

대한민국 가구의
뛰어난 디자인과 품질을 알리며
정직, 겸손, 열정의 마음으로
상생 경영을 실천하는 기업

갖고 싶은 가구
마음까지 편안한 가구
에몬스가구가 있는 그곳에
당신을 초대합니다

위기에 울면 삼류

- 조성제

한 굽이 돌아갈 때마다
어려움도 많고
탈도 많다

역경과 위기는
아무리 불침번을 서도
예측할 수 없는 곳에서부터 찾아든다

거센 파도에
곧 좌초될 것 같은 배에
타고 있어도

잔뜩 겁먹어 우는 대신
두 눈 크게 뜨고 정신만 놓지 않으면
살 수 있는 것처럼

위기에 울면 삼류이고
위기에서 벗어나면 이류이고
위기를 기회로 삼아 도전하면 일류이다

소소한 행복

– 조성제

나이를 먹는다는 건
한쪽 가슴에는 외로움과 슬픔을
반대쪽 가슴에는 사랑과 행복을
하나 둘씩 쌓아가는 일인지도 모릅니다.

어느 쪽이든 결국에는 버리고 가야 하는 것들.
그것을 버리지 못해 꽁꽁 싸매 짊어진 채로
사는 내내 울고 웃는 거지요.

지금 자신의 자리에서 행복할 수 있다는 건
어렵지만 참 쉬운 일이기도 합니다.
시선을 어디에 두느냐에 따라서 말이지요.

가끔씩 고단함으로 고개 젓기도 하겠지만
구부정한 어깨 위 살포시 내려앉는 햇살의 손길만으로도
그렇게 고개 끄덕일 수 있는.

소소한 일상에서도
행복은 늘 '반짝'입니다.

박승철
박승철 헤어스튜디오 CEO

a&fg 월드 메스터즈상 수상
웰라 트렌드비젼 어워드 수상
로레알 컬러트로피 최우수상, 에스테티카상 수상 및 헤어쇼
웰라 트렌드비젼 어워드 다수 수상
2011년 소비자의 신뢰기업 대상 수상
2018 한국 소비자원 소비자 만족도 1위
2018 한국 브랜드 만족지수 1위 수상
광고 cf촬영 및 매거진 화보 촬영 및 연예인 헤어, 메이크업 다수
미스코리아 헤어, 메이크업 공식 후원 등

세계 속에서 당당히 빛날 수 있는 아름다움을 창조하겠다는 단 하나의 꿈을
가지고 1981년 박승철헤어스튜디오 명동 1호점의 첫발을 내디뎠습니다.
처음 제가 가위를 들었을 때, 아무도 우리나라가 세계의 미를 선도할 것이
라고 생각하지 못했습니다.
그러나 우리의 미적 가치를 인정하고 존중하는 박승철헤어스튜디오 고객
여러분이 있었기에, 지금의 박승철헤어스튜디오가 있을 수 있었습니다.
이제 박승철헤어스튜디오는 뷰티전문브랜드로서 더욱 박차를 가해 세계로
도약하려고 합니다.
21세기 행복한 뷰티라이프 스타일을 창조하는 기업으로 언제나 여러분과
함께하겠습니다.

희망의 파랑새

<blockquote>
– 박승철
</blockquote>

유레카!
헤어디자이너가 되고자
마음먹었던 바로 그 순간

나를 감싸던 혹독한 현실 속
역경과 고난까지도
희망의 파랑새로 바뀌었네

조그마한 명동 1호점을 시작으로
국내 최고의 헤어브랜드를 이루기까지
내가 가진 신념은 오직 하나

아름다움에 대한
남다른 상상력과 눈부신 열정으로
늘 고객에게 마음과 정성을 다하는 것

스스로 주저앉지 않는 한
희망의 파랑새는
반드시 찾아오게 되어 있다네

행복한 가위손

— 박승철

사각사각
기분 좋게 들려오는
가위질 소리,
당신의 가위질 한 번에
거울 너머 고객의 얼굴에
기쁨의 미소가 번집니다.

한 사람의 이미지를
창조하기 위해
수백 번 연습했을 당신,
가위질로 마디진 당신의 손에
열정과 노력이 더해져 비로소
저마다의 스타일로 완성됩니다.

당신이 창조해 내는 건
단순한 헤어스타일이 아닌
어느 곳에서도 당당히
빛날 수 있는 아름다움입니다.
당신의 가위손이
자랑스럽고 행복한 이유입니다.

쉬고 흐르고 다시
– 금강휴게소에서

– 박승철

세월 저편으로 곱게 접어놓았던
그리운 이들을 만나러 가는 길
오랫동안 끊겼던 시간의 틈새로
햇살이 한가득 스며들며 속삭인다
'잠시 앉았다 가'

지금 이 순간의 기억이
추억의 배에 새롭게 탑승하면
산을 돌고 돌아 유유히 흘러가는
저 푸르디푸른 강물처럼
나 또한 흘러가야 하리니

쉼이 있어야 흐름이 있고
흐름이 있어야 쉼이 있는 것
마음을 받쳐줄 튼실한 주춧돌 위로
세찬 바람에도 끄떡없을 기둥부터 세워야겠다
더 넓은 세상으로 나아가려면

박정규

(주)로보프린트 대표이사

로보프린트는 2004년 현수막 출력을 전문으로 하는 1인 기업에서 출발하였습니다.

사람의 하루의 시작과 끝, 그리고 평생의 삶을 함께하는 주거공간, 그 대표라 할 수 있는 아파트는 현재 주기적인 외벽 도색 작업을 필요로 하고 있습니다.

하지만 도색 과정에서 추락 사망사고 등의 문제점과 효율성에 대한 의문이 끊임없이 제기되고 있는 실정입니다. 이에 대한 근본적인 해결을 기업의 모토로 삼고 ARTBOT을 개발하였습니다.

도색공사 중 추락으로 인한 인명피해, 스프레이를 이용한 도장작업이 환경에 미치는 악영향, 그리고 수작업으로 인한 표현 한계성 등을 한 번에 해결하고자 열정적으로 달려 왔습니다.

앞으로도 도시경관 개선, 환경보호, 추락 사망사고 예방이라는 인간존중의 가치를 추구하며 사회적 책임을 다하는 로봇 전문 기업이 될 것입니다.

전 세계 건축물의 갤러리화를 향해 달려가며 국내외 건축문화의 새로운 지평을 열어갈 것을 약속드립니다.

마중물

- 박정규

물 한 방울도 귀한
척박한 땅의
소중한 생명을 살리기 위해

깨끗한 물을 전하고
희망을 전하고
사랑을 전한다

아프리카의 목마름을 겪으며
살아가는 아이들에게
생명의 마중물이 되어

어린이를 살리고
환경을 살리고
미래를 살린다

마중하는 한 바가지 물은 보잘것없어도
깊은 샘물을 퍼 올려 세상과 소통하듯
나눔은 서로서로가 마중물이 되어주는 것

세상에서 가장 큰 갤러리

- 박정규

인명사고 많은 고층건물의 도색작업
사람 대신 로봇이 할 수 없을까?

이 한 가지 생각으로 매진하여
실패를 열정의 씨앗으로 삼아 6년에 걸쳐 개발한
건축물 페인팅 로봇 아트봇(ARTBOT)

삭막한 도심 회색 콘크리트를
컬러로 물들여
공간에 가치를 더하고

도시경관 개선과 환경보호
추락사고 예방이라는 인간존중의 가치를 추구하여
환경과 어린이, 미래를 살리는 기업으로 거듭나

전 세계 건축물의 갤러리화와 건축문화의 새로운 지평을 열기 위해
오늘도 아트봇은 도시를 누빈다.

길벗

- 박정규

어떤 상황에서든 서로를
모른 척하지 않는 일에서부터 시작됩니다,
곁을 지킨다는 것은.

행복과 불행
희망과 절망
기쁨과 슬픔을

반반씩 쪼개
하나씩 나눠 갖는 일보다
멋진 일이 세상에 또 있을까요.

같은 쪽을 바라보는 길벗이 있어
먼 길도 가깝게 느낄 수 있다면
당신은 이미 행복한 사람입니다.

전종만

1961.10.18

전북 진안 출신

홍익전문대학(금속학과)

한양사이버대학(사회복지학과)

전) 신월 7동장

현) 양천구청 홍보전산과장

미래) 전업주부

하루 5분 긍정훈련

써야 할 곳 안 써도 좋을 곳을 분간하라.

돈은 거짓말을 하지 않는다. 돈 앞에서 진실하라.

돈을 애인처럼 사랑하라. 사랑은 기적을 보여준다.

【이건희 회장의 어록】

가을

꼼꼼하게 숨겨둔 가을을
살짝살짝 꺼내더니
이제는 가을을 감추기 시작했습니다
보여줄 때도 애를 태우더니
숨길 때도 애를 태웁니다

쌀쌀한 가을 날씨는
겨울을 준비하는 듯합니다
겨울로 가는 바람에
예쁘게 물든 이파리는
흔들흔들 하다가 떨어져
오고 가는 사람들의
레드카펫이 되었습니다

봄은 여름의 길목이요
여름은 가을의 길목이었습니다
이제는 겨울의 길목인
가을이 양보할 차례입니다
바람도 햇빛도 온갖 식물도
겨울을 맞이할 준비를 하고 있습니다

활활 타오르는 산과
잔잔하게 흐르는 두물머리의 강은
자연의 흐름을 조용히 지켜보고 있습니다

당신 때문입니다.

— 전종만

사랑합니다라고 말하고 싶습니다
고맙습니다라고 말하고 싶습니다
당신이 있어 행복하다라고 말합니다
이런 말을 할 수 있는 것은
당신이 내 곁에 있기 때문입니다

가끔 당신의 숨소리 때문에
살아 있는 나를 발견하고
때로는 당신 발자국 소리에
가슴이 뛰어 숨을 쉬기 힘들 때도 있습니다
당신은 내가 살아 숨 쉬는 의미이고
존재입니다

오늘 밤 당신과 나란히 누워
보이지 않는 별을 세어 봅니다
별을 세는 동안에도 당신의 온기로
춥다는 느낌이 없습니다
당신이 없다면 나는 별을 세는 일을
그만 두겠습니다

사랑한다
고맙다
행복하다
모두 당신의 언어입니다

새벽은 잠들지 않는다

- 전종만

먼동이 트기를 바라는 새벽
싸늘한 찬 기운의 스침과 함께
내 몸을 깨운다

시작을 알리는 새벽은
침대에서 슬며시
나를 밀어내고
홀로 남는다

잠든 밤에는
그가 올 것이라는
기대는 없었지만
지금은 그를 기다린 것처럼
내 곁에 와 있다

새벽은 잠들지 않고
나를 기다린다
그리고 나는 그를 맞는다

소복하게 쌓인 눈은
창문 넘어 나의 그런 행동을
바라본다

최봉선

(주)선정유리 회장

전) 재인서산시민 회장
현) 재인서산시민회 명예회장
인천시 조정협회 부회장
재인충남도민회 상임부회장
충청포럼 인천지부 부지부장
코리아라이트클럽 회장 등

하루 5분 긍정훈련

검약에 앞장서라. 약 중에 제일 좋은 약은 검약이다.
헌 돈은 새 돈으로 바꿔서 사용해라.
새 돈은 충성심을 보여준다.

【이건희 회장의 어록】

내 고향 서산

- 최봉선

고향을 떠나온 지
어언 55여 년

깜깜한 인천 부두에
첫발을 내딛으며
막막하고 고독하여
숨죽여 울던 젊은 날

나를 일으켜 세운 것은
근면과 성실 그리고
내 고향 서산에 대한
애틋한 그리움

주저앉고 싶을 때마다
팔봉산의 청정한 공기가
꿈에서도 잊히질 않을
서산의 아름다운 풍경들이

나를 보듬고
나를 일으켜 세우며
앞으로 나아갈 수 있는
용기와 희망을 주었다

이제는 내가 보답할 차례
내가 사랑하는 고향의 발전과
고향 사람들을 위해서라면
무엇이건 가리지 않고 앞장서리라

어제의 꿈이 오늘의 현실

— 최봉선

차가운 바닷바람 속에서
맞바꿔 온 34년의
피와 땀과 눈물의 세월이
IMF로 와르르 무너져 내릴 때

추락하는 절망에
몸을 맡기는 대신
굳센 끈기로 버텨내니
희망의 날개가 솟아났네

기회를 놓치지 않고
새벽 2시면 일어나
발로 뛰고 가슴으로 뛰니
어느새 성공한 기업인이 되어 있었네

폐유리를 자르고
병 공장을 세우고
신뢰와 믿음으로
서로 공생하며 나아가니

어제의 꿈은 오늘의 현실이 되고
오늘의 현실은 다시
내일의 꿈이 되어 힘차게 도약하는
(주)선정유리

꿈꾸는 노신사

– 최봉선

칠순을 바라보는
나는 꿈을 꾼다

젊은 날 부지런히 일해
회사를 세워 키웠고

회사 경영에서 손을 떼고
무엇 하나 더 바랄 것 없는 지금도

고향사람들과 함께 나누고 베풀며
살아야겠다는 꿈을 꾼다

재인서산시민회를 통해
불우이웃을 돕고

고향 발전을 위해
오늘도 동분서주 발로 뛰며

남은 생을 봉사활동에 올인할 각오로
팔을 걷어붙였다

나만을 위한 꿈이 아닌
공공의 이익을 위한 일이기에

나의 꿈은 언제나
잘 닦인 유리처럼 반짝반짝 빛이 난다

04
Chapter

기약도 없이 헤어지지만
때 되면 어김없이 돌아오는
너를 닮고 싶어
오늘은 너를 따라
유난히 오래도록 걷는다.

오히려
남 볼세라 부끄러워 부끄러워

꽃잎을 닫아버리는
달개비의 꿈

김종삼

동아대학교 78학번

Googtv호남본부장
현) 전남기자협회이사
광양교육청심의위원

광양인터넷뉴스 대표
전) (주)삼궁산업 대표
현) 성지산업 이사
폐기물종합처리업 경영

도전한국인운동본부 도전한국인 선정
국회 기획재정위원장 표창장 수상

다시 태어난 석탄재

– 김종삼

새까맣게
제 한 몸 태워
전력의 불쏘시개가 된 석탄

부서지고 활활 타올라
몸 바쳐 희생하건만
돌아오는 건
환경오염의 천덕꾸러기라는 질타

수년간의 기술개발 끝에
마침내 친환경 에코자재로
다시 태어난 석탄재

환경보호와 산업발전이라는
두 마리 토끼를 잡고
재생자원 순환의 고리를 완성해

폐기물 재활용 건설산업의
패러다임을 바꾼
성지만의 긍지

희망호號

- 김종삼

고적하게 닻을 내린 배 위로
무지갯빛 햇살이 내려앉는다.

한 줄기의 위로와 두 줄기의 사랑,
시린 가슴속으로 그 따스한 손길 스며들기를.

구름하늘 머리에 이고 바다에서 막 돌아온
고단함 속에서도 얼굴 가득 순박한 미소 지을 줄 아는.

쪽빛 물결에 그을린 그네들의 몸짓에서
삶이 빛을 발한다.

인생의 기나긴 항해 속에서
행복이라는 아늑한 포구에 정박하려면,

눈보라 몰아치는 밤이어도
희망의 돛을 내려선 안 되리니.

사공 沙工

- 김종삼

당신 지금
어디를 향해 가고 있는가?

무엇을 위해?
누구를 위해?

당신이 올라탄
인생이란 배에,

정확한 목적지를 향해
노젓기를 게을리하지 않는

그리하여 꿈의 종착지까지
안전하게 인도해 줄

바르고 곧은
사공은 있는가!

서현석

크린에어테크(주) 대표이사

2018 고용노동부 청년 친화 강소기업 선정
       경기도 일자리 우수기업 선정

2017 고용노동부 강소기업 선정
       나노입자 코팅장치 특허증 획득

2016 경기도 유망환경기업 선정

2015 환경부 우수환경산업체 선정
       항만용 비산먼지 발생 억제 호퍼장치 특허증 획득

2014 울산항만공사 하역설비 '그린 호퍼' 개발성공
       김포시 중소기업대상 기업 선정

2013 고용노동부 '강소기업' 선정

2012 국내 최초 울트라 나노 필터 개발

쓸고 닦고 치우고

- 서현석

삭삭 쓱쓱
크린에어테크의 하루는
쓸고 닦고 치우고
또다시 쓸고 닦고 정리하는
현장 청소와 정리정돈으로
시작되고 끝이 납니다.

다짐이 습관이 되고
습관이 행동이 되고
행동이 인생을 바꾸듯
대표부터 솔선수범하면
직원들도 자발적으로
먼지 쌓일 틈 없이 쓸고 닦습니다.

크린에어테크는 작업장의 건강과
제품 품질에 악영향을 미치는
각종 오염물질을 제거하는
집진기 전문 업체로서의 사명감을 갖고
고객감동을 최우선으로 하여
나보다 우리를 위해 헌신합니다.

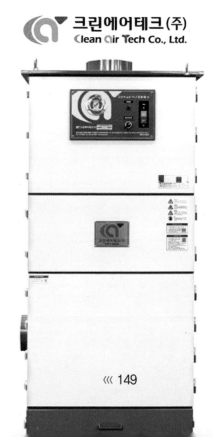

가치관 경영

- 서현석

한 회사를 경영하는 것은
직원을 경영하는 것이고
가치관을 경영하는 것과 같다

차별화된 기술은 기본
고객 만족을 위한
불친절한 직원교육은 필수

좋은 제품뿐 아니라
고객이 감동할 수 있는 서비스를
함께 제공하기 위해 시작한 고객 감동교육

이제는 누가 지적하지 않아도
자율적으로 고객 만족에 최선을 다하는
직원들이 회사의 최고 경쟁력

같은 목표와 비전을 공유하여
직원들 스스로 자율과 권한, 책임을 갖고
업무에 임할 수 있는 가치관 경영

강소기업 크린에어테크의 원동력이다.

빨래

- 서현석

비도 찔끔 눈물도 찔끔
빨래나 실컷 해야겠습니다.

눅눅한 마음을 씻어줄 바람 한 자락 기다리며
주름진 곳마다 까맣게 내려앉은 생활의 더께를
두 손으로 박박 문질러 하얗게 빨아 널어야겠습니다.

볕 좋은 곳에 빈 빨랫줄 하나 걸어놓고
자꾸만 작아지는 생각과 마음도
좍좍 펴서 널어놓고

그렇게 햇살과 바람과 시간이 불어오는
하늘가를 바라보며
무엇보다 저 자신부터 보송보송 말려야겠습니다.

잘 마른 고마움과 미안함은
차곡차곡 개켜서 한곳에 잘 놓아두는 것,
그것도 잊지 않으면서요.

임재관

웅진건설(주) 대표이사

웅진건설(주)은 다양한 공사경험을 바탕으로 상업시설, 교육시설, 관공서, 오피스, 교육시설 등 21세기 첨단 건축분야의 중심에 서있으며 뛰어난 기술력과 완벽한 시공으로 쾌적한 환경, 효율적인 공간 활용, 사용자의 편의성까지 겸비한 최고의 건축물이 창조될 수 있도록 항시 연구하고 있습니다.

최신 건축공법과 공간창출의 개념을 넘어 항상 고객을 최우선으로 생각하는 웅진건설입니다.

웅진건설은 사람과 자연이 하나되는 공간을 만들어갑니다.

급변하는 부동산 시장의 수요, 공급에 한발 앞선 분석과 예측을 통한 최적의 입지를 선정하기 위해 최선의 노력을 다하고 있습니다.

세상의 가치를 건설하다

— 임재관

실패를 두려워하지 않는
창조적 열정으로
어제를 딛고 굳세게 일어나

변화를 두려워하지 않는
불굴의 도전정신으로
오늘도 탄탄하게 성장하고

끊임없는 혁신과
지속적인 기술개발로
내일을 향해 힘차게 비상하며

21세기 첨단건축의 중심에 우뚝 서서
세상의 가치를 건설해 가는
건설 환경의 미래 개척자, 웅진건설

웅진이 진심으로 짓는 건축물은
그것만으로도
또 하나의 명품이 됩니다

100퍼센트의 고객만족을 위해서라면
- 임재관

오늘도 웅진은 힘차게 달립니다.

자연과 인간 그리고 기술
이 삼박자를 고루 갖추고

뛰어난 기술력과 완벽한 시공으로
최고의 건축물이 창조될 수 있도록

오늘도 웅진은 연구개발에 매진합니다.

무엇보다 고객을 최우선으로 생각하고
고객감동 실현과 고객의 가치를 높이며

100퍼센트의 고객만족을 위해서라면
단 1퍼센트도 소홀히 해선 안 된다는 신념으로

오늘도 웅진은 고객의 내일을 만들어갑니다.

고객과의 약속을 지키고
고객에게 신뢰받는 기업

웅진의 심장은 바로 고객 여러분입니다.

저 길모퉁이를 돌면

– 임재관

사람은 누구나 자신이 지나온
길모퉁이 몇 개쯤은 가슴에 담고 산다

평평했던 길 끝의 모퉁이이기도 하고
울퉁불퉁했던 길 끝의 모퉁이이기도 하다

시간이 흐르면 그때는 보이지 않았으나
이제는 보이는 길모퉁이들이 있다

그때 그 길로 가길 잘했어…
그때 그 길로는 가지 말걸…

안도와 후회로 지나쳐 온 길모퉁이들이
가슴에 빼곡히 들어차 있다

그렇게 또 다른 길모퉁이에 다다르면
채 돌아서기 전 마중 나온 이들과 마주친다

할랑할랑 한눈이나 팔며 걸어왔을 땐
'두려움'이고

온 마음으로 정성을 다해 걸어왔을 땐
'희망'이다

김순영

서양화가

학력

예원예술대학교 문화예술대학원 졸업(조형미술학 석사)

경력

대한민국 미술대전 심사위원 역임

현재 한국미술협회 이사

노원미술협회 서양화분과위원장

대한민국회화제 · 서울아카데미회 · 도전한국인본부

사무총장 · 심사위원, 솔화화실 운영, 롯데문화센터 출강

개인전 30회

수상

대한민국 미술대전 특선, 입선 2회

서울시장상

문화예술부문 국회상임위원장상

소나무그림 세계 최고기록(2700x160cm)

대한민국 환경문화공헌대상(문화예술부문) 외 다수 수상

대왕 소나무

- 김순영

울진 소광리
해발 900미터 안일왕산 정상
천년을 꿋꿋하게 살아온 늠름한 대왕 소나무

태백산 정기 받아
장엄하고 웅장하게
붉은 기운 가득 품고
천 길 암벽에 뿌리 뻗어
시린 삶을 견뎌내고
송진이 흘러 연리지가 된 행운의 신목 금강 소나무

역사의 숨결이
자연의 선물이
우리의 미래가
영원히 하나될
푸르른 기상
대왕 금강 소나무!!

들꽃이고 싶어라

― 김순영

들꽃이고 싶어라
아무도 오지 않는
한적한 시골길

보는 이 없어도
수줍게 꽃피우고

싱그런 향기
바람결에
살포시 날리며

청초한 모습으로
꿋꿋하게 자리 지키고

뽐내지도 쓰러지지도 않고
벗과 더불어
도란도란 속삭이는
정겨운 세상

가끔
태풍에 쓰러지면
다시 하늘 향해
손 내미는

소박한 들꽃이고
싶어라

소나무를 다시 품어라

– 김순영

내 숨결 내 영혼의 고향
신이 주신 에덴의 동쪽
전설 담은 패랭이 꽃 눈물겹고
새끼 품은 괭이 갈매기 사랑스럽다.

백두에서 한라까지
이 땅을 지켜온 소나무
시린 역사 푸른 삶으로 견디며
그 강직한 이름으로
민족의 정신에 뿌리내릴 때
독도 너는 무슨 까닭에
솔 씨를 숨겨두었느냐?

민족의 혼이 춤을 추는 동해
솔 향 가득한 고향은 거기에 우뚝하더라
독도야!
그 강인한 소나무를 다시 품어라.

최서영

경남 창원 출생(1968년)

창원대 경영대학원 창업학과 석사

(주)우림 대표이사

부동산 중개, 투자, 컨설팅

드림코칭, 자기계발작가, 동기부여 강사로서의 길

또한 큰 성장이라 여기며

그 토대로 성장한 경험과 지혜를 많은 사람들에게 전하고자 노력하고 있다.

저서로는 『성장코칭』, 『죽기전에 하고 싶은 것들』이 있다

그대와 나, 설레임

— 최서영

귀 끝을 스쳐 가는 바람에
슬며시 묻어온 그 아련한 목소리
어느 시간 속 그 장소에 안타까움
가슴 한켠에 여며두고
나비처럼 훨훨 날려 보낸다.
과거의 사랑은 애틋함인가?

가랑비에 옷 젖듯 찾아온 사랑
심장은 오직 그대만이 우주인 양 품는다.
지금 행복하기에 영원히 머물러주길 꿈꾸며
살짝살짝 콩닥거리는 행복함 속에
눈이 멀어져 가기에 또 아픔과 가슴앓이
현재의 사랑은 달콤한 고통인가?

가슴에 빛을 품고 그려본다.
또 어떤 사랑이 찾아와 흔들까?
위험하니까 힘겨운 거고
힘겨우니까 가볍지 않은 사랑!
내 곁에 오래오래 머물러주는 사랑!
미래의 사랑은 설레임인가?

울 엄마

엄마는 밥이다.
항상 필요하니까

엄마는 닭이다.
항상 품어주니까

엄마는 나무다.
아낌없이 다 주니까

엄마는 희망이다.
모든 것을 견뎌내니까

엄마는 햇살이다.
미소만으로 평화를 주니까

그 미소가 곁에 있을 때
더 많이 사랑하는 수밖에

인생길

- 최서영

겹겹이 쌓인 능선 속 정상에서
툭툭 내리치는 빗방울이
굽이굽이 돌며 걸어온 인생길만큼이나
내 온몸을 적실 채비로 떨구네.

모락모락 피어나는 그윽한 커피 향
새록새록 고개 드는 삭여온 인생길.

춤추며 걷는 아름다운 오솔길
룰루랄라 걷는 순탄한 길
삐죽삐죽 힘겨운 가시밭길
아슬아슬 두려운 낭떠러지 길

또 어떤 길이 기다릴지 아무도 모른다.
참말로, 환히 비춰줄 햇빛과 동행하며
묵묵히 내 길을 맞이하고 싶다.

붉게 물드는 가을같이 화려한 길보다
잘 익은 곡식이 고개 숙이며
살랑거리는 정결함이 깃든 길이 좋다.

조영관

경력

7년간 도전정신 확산을 위한 도전인 발굴과 시상을 하고 있는
NGO단체 창립자
『생존금융경제의 비밀』 등 단행본 15권 출간,
13년간 월간 신용경제 칼럼리스트
챌린지뉴스 언론사 발행인,
세계 3대 기록인증기관 월드레코드 창립자
서울교육대, 경기대 겸임교수 역임
사회복지사

수상경력

국무총리 표창
국방부장관상
서울시장상
대전교육감표창
대한민국사회공헌대상
국회상임위원장상
72사단장, 37사단장 등 수상

저서

『지하철 시인』(시집 출간)

당신, 생각보다 괜찮은 사람이야
– 조영관

누군가에게 희망을 주는 이가 있다면 행복하다.
그 희망은 사람이 아니어도 된다.
어두운 길을 걷다가 도심의 아스팔트길 위에 펼쳐진
칼라 글씨의 조명은 누군가에게 희망을 주고 있다.
"당신, 생각보다 괜찮은 사람이야"

어두운 길을 걸어가는 이에게는 마음의 안정을 주고
어두운 길에서 나쁜 마음을 먹은 이에게는 동심을 준다.
지금 어두운 터널을 지나가는 이에게도 희망으로 다가온다.
"당신, 생각보다 괜찮은 사람이야"

우리 모두는 괜찮은 사람이다.
그것도 생각보다 좋은 사람이다.
세상과 주변은 그런 당신에게 가끔은 낙담도 하게 한다.
그래도 당신은 좋은 면이 너무 너무 많다.
"당신, 생각보다 괜찮은 사람이야"

봄은 쑥쑥

- 조영관

양지바른 곳부터
봄 쑥은 올라옵니다.

지난해 여름 누렁이 황소가
남긴 배설물 위에도
쑥쑥 올라옵니다.

나무들은 파란 물을
마신 듯 줄기 끝마다
파랗게 젖어오고 있습니다.

봄이 오면 새 풀이 돋고
나무들은 물갈이로
바빠지기 시작합니다.

시골 양지바른 흙길마다
지금쯤 봄 햇살이
봄 쑥 이야기를 들려주겠지요.

성공의 반대말은 도전하지 않는 것
- 조영관

성공의 반대말은 실패가 아니라
도전하지 않는 것이다.

세상을 아름답게 하는 것들은
누군가의 꿈에서 시작된다.
그 꿈은 처음엔 작은 씨앗일지라도
도전의 발걸음은 위대한 미래를 만들어 간다.

도전은 성공으로 가는 첫 발자욱이다.
설혹 도전했다가 실패하더라도 그것은 아름다운 실패이다.
그래서 도전은 그 어떤 성공보다 빛난다

도전하는 당신이 아름답다.
"돼보면 기쁘나, 되려면 어려운 것"
큰 바위얼굴상 1호이신 국민MC 송해 선생님의 어록이다.

이지영

학력 및 경력

KBS비즈니스 교육본부장

연세대학교 정경창업대학원 창업학 석사

창업학 박사과정 중

現) KBS트랜드강사과정 주임교수

現) 열린사이버대학 사회복지학과 교수

現) 호서대학원 최고위과정 주임교수

前) 한국문화예술대학 파티학과 교수

한국강사은행 석좌교수

국제스피치협회 회장

우리가 만드는 나무 아카데미 대표

JBS방송 토크쇼 진행

2015~2017 TBN 교통방송 '이지영 교수의 웃음테라피' 진행

수상

2017 제45회, 46회 관악백일장대회(일반부) 시부문 대상/산문부문 장려상

2016 대한민국 인물대상—스피치부문 대상

  대한민국 인물대상—성공인부문 대상

2015 국회연설대회—명연설 대상

  국회연설대회—국회부의장상

  국회연설대회—인기상

  스포츠조선 사회공헌부문 대상

  프로강사 레크레이션부문 대상

파도

— 이지영

어김 없이 제한 없이
나를 지켜주는
스치는 힘

조였다 풀었다
음 · 양 · 고 · 저로
뒤흔드는 역경

어느새 단단해진 뿌리 옆으로 속삭이는 유혹
다시금 휘몰아치는 손길

내 곁으로 소리소문 없이
반복이는 속삭임
지칠 때도 됐건만…

이내 새로운 너의 모습은
몸 가눌 길을 주지 않아
애절한 몸짓

격정적인 몸짓에 지칠 때도 됐건만 차돌같이 단련시키는 통에 부딪혀도 웃을
수 있는 여유

오렴으나 오렴으나
넘고 넘어 굽이 굽이
내게로 오는 손길
이제서야 한숨 돌리듯
동구밖 쳐다보는 아낙네의 손짓

달려도 멈추지 않았던 네가 오늘은 웬일로 내 손 잡고 보듬어 주는
따듯한 손길

이만하면 됐어~

이윽고 숨죽인 너의 머뭄

바보

– 이지영

그리 모질게
살지 않아도 되는 것을

바람의 말에
귀를 기울이며,

물처럼
흐르며 살아도 되는 것을

악 쓰고
소리 지르며,

악착같이
살지 않아도 되는 것을

말 한 마디 참고,
물 한 모금 먼저 건네고,

잘난 것만 보지 말고,
못난 것들도 보듬으면서
거울 속의 자신을 바라보듯

원망하고 미워하지 말고
용서하며 살 걸 그랬어.

세월의 흐름에 모든 게
잠깐인 삶을 살아간다는 것을

무엇을 얼마나
더 부귀영화를 누리겠다고
아둥 바둥 살아왔는지 몰라.

사랑도 예쁘게
익어야 한다는 것을

덜 익은 사랑은
쓰고 아프다는 것을

예쁜 맘으로
기다려야 한다는 것을

젊은 날에는
왜 몰랐나 몰라.

감나무의 홍시처럼
내가 내 안에서 무르도록
익을 수 있으면 좋겠어.

아프더라도 겨울 감나무
가지 끝에 남아있다가
추운 겨울 이겨내는 새들의 먹이가 되어줄 껄
그랬어.

마지막 지나는 바람이
전하는 말을 들었으면 좋겠어

이제는 영글어 지는
나로 돌아오는 바보

하늘과 같은 사랑은

하늘과 함께 있으면
어느새 나도 하늘이 됩니다

주고받는 것 없이
다만 함께한다는 것만으로도
바람과 나무처럼
더 많은 것을 주고받음이 느껴집니다

하늘과 함께 있으면
길섶의 감나무 이파리를 사랑하게 되고
보도블럭 틈에서 피어난 잡초를 사랑하게 되고
하늘에 징검다리를 찍고 간
새의 발자욱을 간직하게 됩니다

수묵화 여백이 주는 듯 스커트에
늘 몇 방울의 눈물을 간직한,
작은 지갑에 천 원 한 장 없어도 얼굴에
그늘 한 점 없는,

하늘과 함께 있으면
어느새 나도 작은 것에 행복을 느낍니다

하늘의 소망처럼 나도,
작은 풀꽃이 되어
이 세상의 한 모퉁이에 아름답게 피고 싶습니다
하늘은 하나도 줄 것이 없다지만
나는 이미 하늘에게
푸른 하늘이 주는 큰 품을
동트는 붉은 바다를 선물받았습니다

하늘이 좋습니다
왠지 느낌이 좋습니다
하늘에게선 냄새가, 따듯한 냄새가 난답니다

그 하늘 품
바로 나를 낳아주고
나를 위해 실오라기 걸치지 않은 희생
바로 어머니입니다

어머니 사랑합니다

송란교 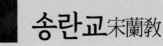宋蘭教

전남 나주 출생(1962년생)
한국외국어대학교 대학원 중어중문과 석사(1988년 졸업)
논문: 『소식(蘇軾) 사(詞) 연구(研究)』

월간 『문학세계』 시 부문 등단(2017년)
『문학세계』 문인회 정회원
웃음 지도사, 레크레이션 지도사, 노인건강 지도사

전) 경남은행 자금부장, 서울분실장, 지점장
현) 경남은행 준법감시부 팀장
현) 루미니스 합창단 운영위원
현) 월간 『문학세계』 교육위원
현) (사) 국제서비스협회 전임교수
현) 성동신문 논설위원

시집: 『난향(蘭香), 그물에 걸리다』(2018년)
공저: 『하늘비산방』(제8호)
　　　『2017년 한국을 빛낸 문인』(2017년)
기타: 경남신문 '촉석루' 칼럼 연재(2018.11월)

연락처: 010-3785-1962
이메일: nksong62@naver.com

대관령 전망대

– 송란교

파아랑 호수를
머리에 이고
깡충깡충
뛰어오는 토끼 구름

앞서는 전봇대
철선 동여매니
사뿐사뿐
내려오는 나비 구름

가는 높새바람의
천근 무게를 안고
듬성듬성
쫓아오는 양 떼 구름

하늘을 길게 가르는
대관령 고갯길
구름을 잘게 쪼개는
오대산 선재길

덜 익은 화왕산

– 송란교

은빛 물결이
실바람 서걱거릴 때
회색빛 사랑이
다가오고 있다고
느껴보세요

파란 하늘이
물안개 걷어낼 때
보랏빛 사랑이
윙크하고 있다고
만져보세요

너와 나

- 송란교

너는 너의 길을
나는 나의 길을
너는 안으로 들고
나는 밖으로 나고

너도 왼쪽으로
나도 왼쪽으로
같은 마음이라고
같은 방향으로 돌면
결코 만날 수 없으리

너는 오른쪽으로
나는 왼쪽으로
다른 마음이라도
다른 방향으로 돌면
결국 만날 수 있으리

너와 나
어긋나야
시선이 공감한다

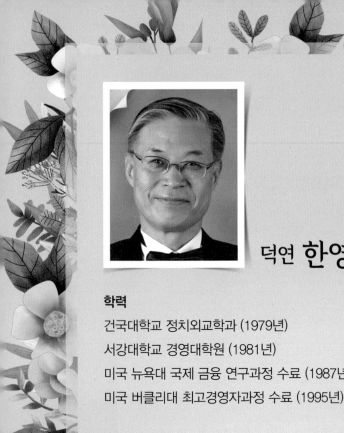

덕연 **한영섭** 德研 韓永燮

학력

건국대학교 정치외교학과 (1979년)

서강대학교 경영대학원 (1981년)

미국 뉴욕대 국제 금융 연구과정 수료 (1987년)

미국 버클리대 최고경영자과정 수료 (1995년)

경력

전국경제인연합회 입사 (1979년)

전경련 국제경영원 사무국장

전경련 국제경영원 사무국장 (상무)

전경련 국제경영원 부원장 (전무) / (2009. 09 ~ 2012. 03)

(사)인간개발연구원 원장(상근) / (2013. 04 ~ 2018 현재)

태안여자고등학교 이사 (2018. 06 ~ 2018 현재)

상훈

지식경제부 장관 표창 (중소기업 육성공로자 부문) / 2010. 05. 19

2017년 12월 『한빛문학』 시부문 신인상 수상 등단

그리움

- 德研 한영섭

눈송이 날리면
그대 오리라
사립문 열어 놓고
그대를 기다리고,

봄비 나리면
그대 오리라
꽃밭 일구며
그대를 기다리네

소낙비 내리면
그대 오리라
우산을 받쳐 들고
그대를 기다리고,

단풍잎 붉게 물들면
그대 오리라
그리운 사연 적어 놓고
그대를 기다리네.

외로움 낙엽지면
그대 언제라도 오리라
곱게 책갈피에 끼워 놓고
기도하며 기다리고,

기다리다 기다리다
끝내 밤이 오면
정녕 내 그리움은
은하수처럼 눈물 되리라.

봄이 오는 소리

― 德研 한영섭

봄은 고드름 물방울처럼
똑 똑 한 걸음씩 다가오고,
얼음장 밑으로 숨어
도란거리며 온다.

숨죽인 봄바람은 징검다리
한 발 한 발 고양이 걸음으로
딛뎌 보며 오나 보다.

가난한 시인의 마음에도
삭풍을 보내고 따뜻한 훈풍의

바람이 아지랭이 타고 오길 고대한다.

겨울이 지나는 길목에서
산너머 남녘에서 수줍은 봄처녀가
올 것 같고 여기저기 봄꽃이 수줍은 얼굴로
얼굴 붉히며 다가올 것만 같다.

추운 바람 아직 불건만
창문 열어
그대의 따뜻한 웃음 띤
화사한
얼굴 보고 싶다.

연분홍빛 꽃이
한 잎 한 잎 피어나
온 산을 덮으면
나 그때 그대 위해
정녕 봄이 왔음을
알리라.

숲으로 가자

— 德研 한영섭

숲으로 가자
생명이 움트는 자리
푸르름이 그득한 자리
거기서 삶의 희망을 노래하자.

숲으로 가자
산새들 지저귀는 곳
물소리 끊이지 않는 곳
거기서 펄떡거리는 열정을 식히어 보자.

숲으로 가자
갈색으로 가을이 물든 곳
그 많은 사연 낙엽처럼 떨어지던 곳
거기서 축복의 가을을 가꾸어 보자.

숲으로 가자
흰눈 덮힌 숲속에 고요만 흐르는 곳
외로운 바람소리만 고요를 깨우는 곳
거기서 지나온 삶을 노래해 보자.

편덕환

1937. 2.11. 忠南 論山 出生, 全北 益山 圓光高等學校 및 圓光大學校 教學大學院 卒業.

1954年 文敎部主催 全國初中高大學校 및 일반人까지 참가한 白日場대회에서 中學 2年生으로 참가, 차상에 入賞(文敎部長官賞受賞) 後 學生문단에 활동하였음.

1954.1.24일자 朝鮮日報에 보름달이란 童詩를 발표.
2005.1.1.금강TV방송국新年特輯으로 새해새아침이란詩를 발표하였음.
2006.10.20.月刊4代文學賞中 詩部에 수상.
2005.11.13.文學살리기運動本部주관 韓國桂冠詩人賞수상.
2016.1.26일자 동아일보에 대물림이란 詩를 발표. 이외 국내 日刊 文學誌에 100여 차례 발표하였음. 文學專門季刊誌인 '文學과 意識社'에서 公募하는 作品募集에 태풍 外 12편의 詩로 참가 當選되어 詩人賞을 受賞하였음.

詩集으로는 "우체통위에 눈이 내렸다" "감나무 베어지는 날" "빨간 연꽃" "하늘 냄새"
童詩集으로는 "호미 한 자루"가 있음.

現在는 '詩人들의 몫' 문학 同人會에서 많은 후진들과 함께 노력하고 있음.

눈사람

- 편덕환

나는 발이 없어
한 걸음을 걷지 못합니다.

나는 손이 없어
내 마음대로 무엇 하나를 잡지 못합니다.

나는 머릿속까지
텅텅 비어있습니다.
이도 하나 없으니
내장이 한 줄 없습니다.
그래도
새벽이 오면
밤새 피곤했던지
앉아 꾸벅꾸벅 졸다가 그만 늦잠 자는 일은 가끔 한 번씩 있었습니다.
그렇지만,
까치새끼들마냥
일찍 몰려나온 우리 어린이들은 나만 무척 사랑한다며 용서해 줍니다.
마른 된침까지 꼴딱꼴딱 삼키면서까지 나를 좋아합니다.

나는 언제나
마당 한가운데 앉아있어야만 되는 눈사람,
나는, 하얀 눈사람입니다.

죽순

– 편덕환

귀뚜라미가 살강 밑에 숨어들어
한참 울고 있는 동안에
대밭에선
창끝마냥 뾰쪽뾰쪽 죽순이 마구 올라옵니다.
겨울내복 벗어던진 우리 누나 말간 장딴지처럼 보이는 게 꼬무락
꼬무락거리며 쑥쑥 올라옵니다.

비만 내렸다 하면 대밭에선 항상 시끌시끌한 亂場난장터가 되어
버립니다.
하늘을 재밌게 콕콕 찔러보면서 몰라보게 커버립니다.
대나무는 좋아 건들건들 어깨까지 흔들거리면서
어서 커라 어서 커, 내 키만치만 커라면서 자꾸자꾸 응원합니다.

나팔꽃이 나팔나팔 나팔 불듯이
소낙비까지 쏴쏴 쏟아냅니다.
대나무도 한참을 꿍꿍거려 쌉니다.
돌아보면 죽순은 몰라보게 쭉쭉 커져버렸습니다.

하늘냄새

— 편덕환

바윗덩이를
힘센 정으로 찍는다.

소나무 드높은 우듬지 위에
새파란 하늘이 널려있다.

소나무는 창끝으로 하늘을 콕콕 찔러본다.
하늘이 터지면서 커피 냄새가 풍길 것만 같다.
하늘이 훌쩍거리더니 앓는 소리를 내며 우는 듯하다.

지붕이 없다 보니 새파란 하늘로 지붕을 얹은,
이곳은 고창읍성 고인돌마을
이곳은 밤마다 파도와 폭풍이 뒤섞여 놀다 가는 곳,
별들이 나와 밤새 어둠을 캔다.

이곳에는 입 다문 어른들이 많다.
무거운 낮잠을 늘어지게 자느라고 아무 말이 없다.

05
Chapter

길바로 왔고, 길 바로 가고 있는건가.

걸음을 멈추지 않는 한

어떤 길이든 반드시 끝나게 돼 있으니

매 갈림길 마다 신중히 선택하고

선택했다면 최선을 다해 가는 수밖에

" "

누군가 생각 없이 건네는
말 한 마디에
상처 받아
피 흘리지 않아도 될 텐데

" "

조규복(曺圭福)

청주 출생
청주교육대학교(전신 청주사범학교)졸업

경력
서울시 노원구 서울계상초등학교 교장 정년퇴임
교육부 일반화자료 집필. 심의위원
한국교원단체총연합회 자문위원
민주평화통일 서울노원협의회 자문위원
대한민국재향군인회 서울노원지구 자문위원
서울시 도봉경찰서 청소년육성회 자문위원
한국심리상담협회 자문위원
결혼상담사 교육지도 강사
대학교 평생교육원 강사
노인대학 강사
결혼상담연구소운영 = 봉봉(BonBon) 결혼상담소
결혼주례봉사

**관련
연구
논문
및
발표**
결혼상담의 이론과 실제
국산품애용방안에 관한 연구
성취동기를 활용한 자아개념에 관한 연구
자기학습 관리법
학습력 신장을 위한 지도방법
급수제를 활용한 받아쓰기 지도에 관한 연구
시범적인 행동모형이 생활습관 형성에 미치는 효과
학생들의 기억력 증진에 관한 연구

수상
황조근정훈장: 대통령

'짝'이 있는데

― 조규복

세상만물이 다 짝이 있는데
하루살이도 짝이 있고
늙은 사자도 짝이 있는데

하늘을 날아가는 기러기도
바다 위를 날아오르는 갈매기도
다정스런 짝이 있는데

바다 속 고래도 짝이 있고
작디작은 새우도 짝이 있는데
말은 못해도 모두가 짝이 있는데

감나무 아래에서 감 떨어질 때를
눈 빠지게 기다리고 있는 그 사람
때가 되면 '되겠지' 하고 있는 그 사람
누군가 다가오기를 기다리고 있는 그 사람

세월은 마냥 흐르고 있는데
부모님의 주름살도 세월 따라
늘어만 가는데

나도 떠나 보자 행복에너지를 듬뿍 담으러

아내와의 약속

- 조규복

내가 정년 퇴임을 하면
집안 청소
설거지
빨래
세 가지는 내가 도맡아 하기로
약속을 했다

설거지 하던 첫날 아침
"쨍그렁" 하얀 접시
깨진 접시 얼른 붙여 봤지

"다치지 않았어? 괜찮아?"
접시를 몇 개 더 깨 봐야
설거지 기술이 느는 거란다

퇴임을 하고 나면
마냥 편할 줄 알았는데
그 전 보다 더 바쁘고
할 일이 더 많아졌다

허리춤에 차고있는 만보기가
'주인님 더 걸어요'
재촉을 한다

세 가지의 약속은
계속해서 진행 되리라

그래도 지금이
제일로 좋다

인생 시간표

– 조규복

지나온 세월
뒤돌아보면
머~얼리
아지랑이 터널만
아물아물해 집니다

처음은
인생 시간표를 챙기고
생생한 삶의 노래 부르며
샘솟는 용기를
힘껏 쥐어 보았습니다

지나온 세월을
또
뒤돌아 보아도
아무것도 한 것 없이
그저
세월만 삼켜 버렸습니다

다가오는 세월
얼만지 몰라도
인생 시간표
다시 챙기고 노래 불러
다시 달래어 보고
가슴 깊은 곳에
조용히
새겨 두렵니다

권혁준

(주)민예 회장

(주)민예는 대림, GS, 현대, 대우, 포스코, 동부, 쌍용, SK, 코오롱, 태영, 경남, 한일 등 국내 메이저 건설사의 협력회사로, 아름다운 환경을 만들기 위해 노력하는 젊고 활력이 넘치는 종합석재회사이다.

석재시공과 설계 분야에서 뛰어난 기술력을 보유한 (주)민예는 성실과 신뢰와 책임을 사훈으로 해 언제나 고객의 요구를 만족시키기 위해 부단한 노력을 기울이고 있다.

> ## 하루 5분 긍정훈련
> 남이 미처 안 하는 것을 선택하라.
> 기업은 사람이 사람을 위해서 하는 활동이다.
> 한번 믿으면 모든 일을 맡겨라.
> 책임을 지면 사람은 최선을 다하도록 되어 있다.
> 【구인회 회장의 어록】

작은 차이가 세상을 바꾼다

- 권혁준

돌을 지고 방아를 찧듯
어떤 일이든 힘을 들여야 잘될 수 있다

모래 위에 선 누각이 되지 않으려면
기초부터 튼튼해야 한다

성실 신뢰 책임의 정신으로 획득해 낸
민예의 석재 시공 특허기술

조금 더 가볍게! 조금 더 얇게!
1mm의 작은 차이가 세상을 바꾼다

세상을 바꾸는 신기술과 차별화된 핵심역량으로
보다 많은 사람이 그 혜택을 누릴 수 있도록

미래의 먹거리를 창출하는 글로벌 석재회사
민예의 꿈은 오늘도 진행 중이다

값진 성공

- 권혁준

아슬아슬합니다.
푸른 불이 켜져 있지만 언제 바뀔지 모릅니다.

여러 차례의 시행착오를 거쳤지요.
'값진' 실패도 있었고 '헛된' 성공도 있었습니다.

다행스럽게도 앞에 붙는 수식어는 달라질 수 있습니다.
'값진 성공'을 거둘 수도 있단 얘기지요.

인생을 바라보는 시선을 바꿔
나무가 아니라 숲을 볼 수 있다면

내려놓을 것은 내려놓고 붙잡을 것은 붙잡으며
있는 자리에서 행복할 수 있는 현명함을 가진다면

아무리 옳은 소리도 아무리 좋은 말도 쓸데없습니다.
스스로 느끼고 스스로 행동으로 옮겨야 합니다.

부디 붉은 불이 켜지기 전
삶이 유한함을 잊지 말고

값진 성공을 향해 성큼성큼
헛된 성공의 다리를 건너게 되길 소망합니다.

여보게

– 권혁준

여보게,

등대 계단을 밟고 끝까지 올라가 보게나.

전보다 숨이야 차겠지만

높아질수록 시야는 넓어진다네.

어떤가, 구석구석 비출 수 있겠는가.

여보게,

길가의 나무들처럼 보조를 맞춰 나란히 서보게나.

살다 보면 의지나 신념보다

끈기가 더 위대할 때도 있다네.

어떤가, 어우러짐도 아름답지 않은가.

여보게,

바람을 받을 돛을 달게나.

폭풍 몰아치는 험난한 항해가 예상되지만

두려움 대신 희망을 품을 때라네.

어떤가, 인생의 항로가 바뀌지 않았는가.

최다원

화가 겸 시인
개인전 13회
한국서예협회초대작가
한국문인화협회 초대작가
한국문인협회 회원
중2도덕교과서 사랑이란 시 상재
강서구2015년예술인상 수상
전) 동방대학원대학교외래교수
현) 숭실대학교외래교수

저서총 19권: 그릴준비1권(식물편) / 2권(동물편) / 3권(난초편) / 4권
(대나무편) / 5권(연필 초상화편) / 6권(국화편) / 한글판본체 / 명언집 /
캘리그래피편 / 시화집: 나에게 남겨진 사랑 / 9권

사랑

– 최다원

두근거리지 않으면 사랑이 아니리

벅차지 않으면 사랑이 아니리

눈이 희미해 지고 귀가 어두워지고

오로지 한 사람만을 응시하며

사무치지 않으면 사랑이 아니리

아프고 저리지 않으면 사랑이 아니리

함박웃음 속에 눈물이 겹쳐 지고

이글이글 타오르지 않으면 사랑이 아니리

봄비속에 섞여온 그리움덩이가 더욱

심장을 파고듬이 사랑이리

생방송 중계

– 최다원

벽돌을 날라 와
열을 지어 포개고 또 포개어
화단을 만들었다
부직포를 깔고 흙과 계분을 희석하여
기름진 옥토를 만들어 놓은 다음
페추니아를 심을까
카네이션을 심을까
고민을 하다
무공해 상추의 너른 잎에
잘 구워진 삼겹살로 입 안 가득 채워볼까
행복을 가불하며 상추를 심는데
어디선가 날아온 아기 참새 한 마리
전깃줄에 앉아
온 동네에 나의 모습을 생방송 중계한다

당신은

- 최다원

당신은 혹시
자꾸만 보고파서
두 눈을 차라리 감아본 적 있습니까.
그대도 혹
너무도 그리워서
심장이 아파본 적은 있습니까.
종일토록 때로는
수시로 떠 올라서
뼈마디가 저려본 적도 있습니까.
온통 무심한 봄꽃들은
나를 보며 웃는데
어느새 고인눈물 슬며시
훔쳐본 적 있습니까

정경미
경북농업기술원 농업연구사

학력

포항여고 졸업(1988년)

고려대학교 졸업(1994년)

경북대학교 박사과정 수료(2016년)

경력

경북농업기술원 상주감연구소, 청도복숭아연구소(1994년~현재)

경북농업기술원 최우수연구원상(2017년)

우수특허대상(2017년, 한국일보시행)

제8회 지방행정의 달인 선정(2018년)

농촌진흥청 농업기술대상 우수상, 팀상(2018년)

고향

— 정경미

꽃 송이 살포시 내려와 머문 이곳이
내 고향이런가

살구꽃 짙게 벙그는
꽃물 속에 뛰놀던 이곳이
내 고향이런가

사립문 석양 속에 서서
애타게 부르시던
그 먼 옛날의 당신의 음성이 서려있는 이곳이
내 고향이런가

그리워 떠날때는
아쉬워 눈물 머금고
못 잊어 떠날 때면
서러워서 좋은 이곳이
내 고향이런가

어머니

봄처럼 따사로운 당신의 얼굴엔
무슨 훈장 마냥
소박한 주름이 드리워져 있습니다.

맨 마지막 다섯 번째 주름이 나의 주름입니다.
내가 어려서 몹시 아팠을 때
당신의 여윈 등으로 따뜻하게 감싸며 업었던
막내의 주름입니다.

어린 골목길에서 놀 때
석양이 저 하늘 끝에서 짙게 번져오면
사립문 앞에서 부르시던
당신의 추억이 그리워집니다.

찔레 꽃보다 더 짙은
당신의 향내가
오늘 아름답게 부풀어 오릅니다.

그리움

- 정경미

그대 마음에
파도가 일 때면

그리운 사람을 창공에 그리자.
또 그리운 꽃 향기도 바람에 실어 보내자꾸나.

그러면 어느새 그리운 님의 아늑한 미소에
그대 마음은 잔잔한 호수가 된다네.

이문희

학력

전남 진도 출생

광주교육대학교 졸업

광주교육대학교 교육대학원 졸업

전남대학교 정책대학원 수료

경력

초등교원 36년 근무

진도사미회장 역임

현) 전남교원단체총연합회 부회장

현) 해남 북일초등학교 교장

탄식

– 이문희

천리 먼 길
그대에게 가려하니
날개가 없어
외로운 꿈속에
나비가 된다

나래 펼치려니
하늘이 흰 눈 내려
날개에 쌓인 눈
첩첩이어라

꿈길도
내맘대로 갈 수 없으니
안타까운 이 마음
그대 아실지

섬섬옥수 고운 손
그 언제 뵈오려나

희락

- 이문희

가랑비
말 없는 밤

쓸쓸한
귀가길

백열등
흔들리는
주막에

그리운 벗
홀로이
잔 기울이고
있으면

파촉삼만리

– 이문희

거기는 파촉

고개들면
칼날 세운 듯
바위산들 첩첩
길은 안개 속 끊어지고

고개숙이면
출렁이는 검은 파도
배 띄울 수 없어라

돌아갈 길 아득하여
불러보는 그 이름
가냘피도 그려지지 않는
파촉삼만리

따스한 님의 품
흐르는 눈물 방울따라
시들어가는가

하상 신영학

KRITYA 2007 INTERNATIONAL POETRY FESTIVAL(인도 KERALA, 초청시인)
(THE KOREAN CENTRE INTERNATIONAL P.E.N)
국제펜클럽 회원
한국문협강서지부 시분과위원장
문학상 수상 다수
저서: 『제8집: 숨』 외 7권
공저: 문학지 다수 외
방송: SBS [생활의 달인] 320회, 설 특집 다수, SBS [모닝와이드]
　　　 KBS, MBC [최강달인]
민속놀이협회 회장

환상幻想

그리운 사람
그리워 말자

미운 사람
미워하지도 말자

모두가
괴로움의 씨앗인걸

애착으로 슬프고
집착으로 두려우니

항상 한 것 어디 있나
모두가 환상인걸.

임 자취

- 신영학

가느다란
나뭇가지가 알고
산새들도 알아차렸다

아직은 꽁꽁 얼고
된서리가 하얗게 덮어도
안다 다 안다

임이 오시는걸
양지 녘 달래랑 냉이가 알고
들새들도 다 안다.

몰라라

– 신영학

어제는 전생
오늘은 현생
내일은 내생

아무것도 모른다
모른다는 것도 모른다
그냥 모른다.

효산 김 블라시오

본명 : 김 성 준 (金 聖 俊)

부산 출생, 군 생활 35년 정년퇴직(육군원사), 2009.9.30전역

국가유공자(보국훈장, 보국포장, 대통령표창 등 55회 수상)

이라크파병(1진~2진)1년 9일(아르빌)/자이툰 부대 창설요원

경성대 무역대학원(국제경영학석사)/방송통신대 경영학과 졸업

경남고 부설 방송통신고 7회 졸(경심회 수석부회장)

부산가톨릭대 신학원 야간 16기 졸(선교사, 교리교사 자격증)

동아대 대체의학전문가과정, 경원대 경영관리전문가과정 수료

가천대 유통관리전문가과정, 신라대 산야초전문가과정 수료

신라대 명리학심화과정 수료, 군문연 나라사랑명강사과정 수료

고려대 명강사 최고위과정 1기 수료(1기 동기회 4대 회장)

마음경영연구소장/T.L.C 아카데미 원장/인성교육 전문가

시인등단(2008.3)/수필가등단(2009.3)/자유기고가/칼럼리스트

한국시낭송회 부회장/새부산시인협회 이사/ 부산문인협회 정회원

한국상고역사교육원 부산원장/한자속성교육원 부산원장/교수

(사)대한민국 리더스 아카데미 공동대표/교수

한자속성교육 지도사, 양면이론 등 52개 이론 창안

(사)국민성공시대 명강사8호/지필문학회 상임고문

심리상담사 1급/발건강관리 1급/레크리에이션지도자 1급

웃음 치료/유머 코치/박수 건강/인성교육 지도사

서울시인대학 부학장/교수/부산분교장/상임고문

신라대학교 평생교육원 한자속성지도사과정 주임교수

대한민국 100인 힐빙포럼 회장/약선힐링센터 고문(경주, 언양)

공저: 서울시인대학 사화집 『첫 만남의 기쁨 1 ~ 8』

     (사)국민성공시대 명강사33인 공저(2012~2015)

* 1,000회 강연 (2016.12.6. 한국상고역사교육원 강의장)

부모 나

– 효산 김 블라시오

높고 놀은 하늘보다
깊고 깊은 바다보다
더 높고 깊은 유일한 존재

사랑으로 나를 낳으시고
정성으로 길러주신 그 은혜
무엇으로 보답하오리까

부모 없는 자식 없고
쓸모 없는 사람 없다는데
조건 없는 내리 사랑
무조건 적 올림 효도

부모님 뜻을 헤아리며
생각과 말과 행동을
눈을 뜨고 감을 때까지
오늘도 최선을 다하리라.

바로 나

- 효산 김 블라시오

나는 누구인가

나는 해와 같이 빛나고
달과 같이 아름답고
별보다도 귀한

하나밖에 없는
유일무이한
보물 같은 존재이다

앗싸 빙고.

영감靈感

– 효산 김 블라시오

신이 인간에게만 준 선물
창조와 창의력의 시작
대자연속의 소우주인 나

칠십육억 군상들 중에서
유일무이한 존귀한 오(吾)
보고 듣고 말하고

보이지 않는 내면의 생각
오늘도 살아 있음에
기뻐하고 감사하면서.

구재영

경력

2014년 5월 데뷔앨범 '맨발의 청춘' 발매

(작사: 김병걸, 작곡: 노영준, 제작: 월드미디어)

2014년 11월 '창작인이 뽑은 신인가수상' 수상

2015년 3월 실버TV '쇼 뮤직스테이지' 출연

2015년 9월 실버TV '쇼 뮤직스테이지' 출연

2017년 5월 2집앨범 '덕분에' 발매(작사: 김병걸, 작곡: 최강산, 제작: 월드미디어)

9월 실버 TV '쇼 뮤직스테이지' 출연

SBS 생활경제 출연

10월 BBS불교방송 라디오 '고한우, 세리의 유쾌한 가요쇼' 출연

WBS원음방송 라디오 '조은형의 가요세상' 출연

2018년 3월 재능나눔 공헌대상 문화예술인 부문 수상

2014년부터 현재까지 tbs교통방송 라디오 출연

'이가희의 러브레터' 배칠수, 전영미의 9595쇼' 출연

'원서호의 노래하는 FM' '김성환의 서울부르스' 출연

원음방송 '조은형의 가요세상'출연

국방FM '장용, 미자의 행복한 국군' 등 다수 선곡

어버이날 효도행사 기획 및 공연

실버타운 봉사 및 공연

경찰방송 라이브토크쇼 진행

이외 전국 지역축제 및 음악회, 크고 작은 행사 다수 참여, 초대가수로 활약 중

2018년 3월 (사)한국재능기부협회 홍보대사 위촉

흰머리

– 구재영

흰머리인 줄 알고 뽑았던 머리카락 한 올.
세상에, 아직 반이나 검은 머리카락이었지 뭡니까.
참으로 아까웠습니다.
뭐가 그리 싫어 보이는 족족 뽑아내려 안달이었을까요.
좀 더 느긋하게 참고 기다리면 될 것을.
완전히 하얗게 되면 그때 족집게로 쏙 뽑아내도 늦지 않을 것을.
손가락 사이로 빠져 나가는 세월,
주먹을 불끈 쥐어봤자 막을 수도 잡을 수도 없는 것을.

뭐 방법이 있나요.
그저 착하게 고개를 끄덕여 주는 수밖에.
저 높이 저 멀리 느리게 흘러가는 구름을 보듯
지상의 조그마한 점 되어 그저 평화롭게 미소 지어 주는 수밖에.
그러면 또 압니까.
새롭게 돋아나는 흰머리 앞에서도
좀 더 의연해질 수 있을지.

맨발의 청춘

작사: 김병걸
작곡: 노영준
노래: 구재영

기댈 곳 없는 세상에 부평초처럼 떠다녀도
마음이 가난했거나 비겁하지 않았다
사랑에 속고 속고 돈에 울어도
가슴은 뜨거웠다
오늘은 내 삶이 맨발로 걷지만
내일이면 웃으리라

맘 둘 곳 없는 세상에 나그네처럼 떠다녀도
마음이 가난했거나 비겁하지 않았다
사랑에 속고 속고 돈에 울어도
가슴은 뜨거웠다
오늘은 내 삶이 맨발로 걷지만
내일이면 웃으리라

사랑에 속고 속고 돈에 울어도
가슴은 뜨거웠다
오늘은 내 삶이 맨발로 걷지만
내일이면 웃으리라
내일이면 웃으리라

덕분에

작사: 김병걸
작곡: 최강산
노래: 구재영

고맙습니다 감사합니다

덕분에 덕분에 웃고 삽니다

그대께서 귀하께서 사랑주지 않았다면

제가 어찌 이런 기쁨 있겠습니까

고맙습니다 감사합니다

다 여러분의 덕분입니다

아픈일은 잊으시고

좋은 날만 있기를 진심으로 빕니다

행복하길 빕니다

덕분에 저도 행복합니다

진심으로 빕니다 행복하길 빕니다

덕분에 저도 행복합니다

엘씨파워코리아(주)
www.ispeedbar.com

권영민
權寧民

학력
한국산업기술대 학사
서울미디어대학원 석사
한양대 공학대학원 석사
서울벤처대학원 박사(경영학)

경력
현) 엘씨파워코리아(주) 대표이사
현) 글로벌 스타트업 혁신협의회 회장
현) 글로벌 BIZ 혁신 아카데미 대표
현) U-gen 스마트연구소 대표
현) Smart City 경제 연구소 책임연구원

수상
경기도지사 표창
안산시장 표창
경기지방중소기업청장 표창
중소벤처부장관상 표장
사회적책임부문 대상

그리움

– 권영민

눈 감으면 아른아른
눈을 뜨면 사라지는

현실 속 나를 본다.
오늘도 어김없이 수 없는 깜빡임의 연속

잊었는가 하면 생각나고
생각나서 돌아보면 수만리길

목마른 대지는 단비로 해갈되는데

공허한 마음은
날개짓의 파장으로 꿈틀대며

그대 향한 내 마음은
뭉게구름처럼 부풀어져만 간다.

사계절

가련하게 서글프게
추위견뎌 넘어온 너
흔들리는 가지마다 하얀 서리 내리어도
꾹 다문 입술은 아무 말도 하지 않고

기다림에 지쳐 목 메이음
눌러 참아온 너
흔들리는 가지마다 노란꽃이 싱그러워
활짝핀 미소에는 행복만이 넘치네

아지랑이 아롱아롱
내 몸뚱이 감싸주네
너도 나도 신이 나서 즐거웁게 손뼉 치며
추억 속의 환한 미소 내 인생의 삶이로세

복사꽃

— 권영민

복사꽃 언덕에 눈이 내립니다
새하얀 눈은 내 가슴 깊이 내려 앉아
또 다른 세상을 만들어 갑니다.

복사꽃 언덕에 바람이 붑니다.
하얀 바람은 내 가슴 깊이 파고들어
신선한 미래를 꿈꿉니다.

복사꽃 언덕에 안개가 낍니다
하얀 안개를 내가슴 깊이 적시며
풍족함을 노래합니다.

복사꽃 언덕에 사랑이 싹틉니다.
하얀 구름에 무지개 다리 놓아
사랑을 수놓습니다.

복사꽃 언덕에 희망을 노래합니다.
하얀 종이 위에 우편엽서 부쳐
미래를 약속합니다.

고순자

58년 영월 출생
가평문인협회회원
자유기고가

수상
마로니 여성백일장 2회 입상
농협중앙회 수필공모전 우수상
교보문고 수필공모전 우수상
그 밖에 다수의 상 받음
각종 신문 독자에세이 투고 200여 편 실림
한국일보 뉴밀레니엄 독자토론회 참가

> **하루 5분 긍정훈련**
> 웃는 연습을 생활화하라
> 이 세상에 나쁜 사람은 없다
> 함께하는 것이 진짜 사랑이다
>
> 【김수환 추기경의 어록】

아버지의 삶

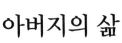

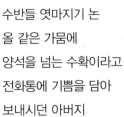

– 고순자

수반들 엿마지기 논
올 같은 가뭄에
양석을 넘는 수확이라고
전화통에 기쁨을 담아
보내시던 아버지

하루도 흙을 밟지 못하면
생병을 앓는 당신인데
어찌하여 오랜날을
병상 누워 계십니까
용광로라도 녹일 듯한
강한 의지로 그깐
세균 덩어리쯤은
이겨내시겠지요

어서 병상에서 일어나시어
뒤뜰 홍시감을 따셔야지요
긴 가지 끝에
몇 알은 까치밥으로
넉넉히 남겨두시고요

소설이 오기 전에
메주콩 마당질도
끝내셔야 지요
씨감자도
묻어야 하구요

꿈에도 그리워서

- 고순자

사월 산허리에
연분홍 진달래는 만발하는데
처 자식 늙은 어미 두고
이리 서둘러 떠나시다니
무엇이 그리도 급하셨던가요
아직 할일이 태산처럼
남아 있는데
눈뜨면 살갑게 만나고 헤어지던 이웃들
보고 또 봐도 그립고 정겨웠던 친구들
고향 서낭당마을이 그리도
그리웠던가요
아님
아버지품이
그리웠나요

그 아버지와 함께하신
유택에서
생전에 고달픈 시름
모두 내려놓으시고
살아서 못다 하신 부자의
정을 나누소서
그리고 아직 부모 그늘이 그리운
사남매를 굽어살펴 주시고
노모의 남은 삶도
함께 보듬어 주시옵소서
이제 남은 우리들도
오빠와 함께했던 시간들을 추억하며
동기간에 우애를 지켜 가렵니다
꿈에도 그리운 오빠!
눈물로 이 글을 바칩니다

그리움

– 고순자

함박눈이 펄펄 날리는 동짓달
마알간 도토리묵이
솥단지 안에서 푸득 푸득
유년의 추억이 익는다
뒷동산 떡갈나무 도토리가 떠다닌다
털북숭이 도토리
가난은 도토리범벅도
이밥처럼 목으로 넘겼다
골망태 등에 지고
다래골 도토리 함께 줍던
갈래머리 소녀는
지금 어디에서 옛추억 그리며
늙어가고 있을까
어둑해져 오는 고샅으로
피어오르던 청솔가지 타는
저녁연기
그리운 동짓달이여

열정과 끈기가 모이면
고난과 싸울 방패가 되고
정직과 긍지가 모이면
행복을 향한 첫 걸음이 된다

> 남은 세월
> 배려하고 소통하며 공감하고 감사하며
> 솔선하고 칭찬하며 빛이 되고 소금 되며
> 인생의 그네나 좀 더 타다가 가야겠다고
> 허공의 그네를 바라보며 다짐하였다

오몽석

경력

명우식품 대표
(주)꿈을실현하는사람들 대표(불막열삼 가맹본부)
한국프랜차이즈산업협회 부울경지회 부회장

수상

식품의약품안전처장 표창장 수상(주방문화개선사업 우수기관선정)
대한민국 신지식인 대상 수상

하루 5분 긍정훈련

'혼자 빨리' 아닌, '함께 멀리' 가자.
늘 앞을 내다볼 줄 알고 또한 일의 속도를 중히 여기는
사람이 되어야 한다.
변화의 물결에 신속히 적응할 수 있는 판단과 기민성이
있는 사람이 되어야 한다.

【김승연 회장의 어록】

진정한 성공

- 오몽석

꿈을 꾸는 것은 누구나 할 수 있다
꿈을 이루는 것은 아무나 할 수 없다

할 수 있는 것과 할 수 없는 것의 차이는
열정과 도전정신이다

역경의 돌부리에 걸려 넘어져도
스스로를 믿고 다시 일어서는 것

거기서부터
꿈을 향한 첫걸음이 시작된다

꿈을 향해 나아갈 때 당신의 등을 밀어줄
사람들의 소중함도 잊지 말며

앞서거니 뒤서거니
서로의 손을 잡아주며 동반상생 하는 것

명우식품이 꿈꾸는
진정한 성공이다

SUCCESS

3월의 약속

어느새 매섭던 삭풍이 훈풍이 되어 봄을 재촉합니다.
나날이 바람은 따스해지고
하늘은 푸르러 가겠지요

지난겨울 옷깃을 여미며 다짐했던 기억들은 희미해졌지만
아쉬움은 잠시 접어두고
싱그러운 봄의 문턱에서 또 다른 약속을 해봅니다

조금만 더 웃기
조금만 더 배려하기
조금만 더 사랑하기

그래서 다시금 꽁꽁 얼어붙는 겨울날이 다가오면
저 높이 흘러가는 시간 한 점 베어 물고
선하게 웃을 수 있는

조금만 더 착한 사람 되어 있기

희망의 전봇대

성큼성큼
뛰어서 오르고 싶다

전선을 지탱하기 위해 뚱딴지도 달고
안전을 위해 변압기도 설치하고

바람에 넘어가지 않게 지선(支線)도 세운
저 굳센 전봇대 위를

이어진 선들마다
전기가 흐르듯

이어진 사람마다
마음이 흐르게

하늘 높이 전봇대 하나 심어놓고
세상을 돈짝만 하게 보고 싶을 때마다

그곳에 올라
까맣게 잊고 있던 희망을 만나고 싶다

김호상 나라소프트 대표이사

1984 대전 대신중학교 졸업
1987 서대전 고등학교 졸업
1994 충남대학교 공과대학 고분자공학과 학사 졸업
1996 충남대학교 일반대학원 공학 석사 졸업
1996~2001
금호그룹 중앙연구소 선임 연구원 재직
SK 정유 개질 아스팔트용 SBS Rubber
단독 연구과제 연매출 100억 이상 기여
2001 금호 석유화학 우수 공로상 표창
2002 (주)나라소프트 창업

한국 아마츄어테니스연합회 상임 이사
한국 쥬니어골프협회 이사
스마트교육솔루션 개발 특허 발명
스크린골프 시스템 개발 및 골프교육시스템 특허 발명
스크린테니스 시스템 개발 및 특허 발명
스크린축구 시스템 개발 및 특허 발명
스크린골프 파노라마 시스템 개발 및 특허 발명
스크린볼링 솔루션 개발 및 특허 발명
스크린트루골프 시스템 개발 및 특허 발명
스크린볼링 시스템 개발 및 특허 발명
스크린그라운드골프 시스템 개발 및 특허 발명
스크린베드민턴 시스템 개발 및 특허 발명
스크린게이트볼 시스템 개발 및 특허 발명
스크린피칭야구 시스템 개발 및 특허 발명
스크린궁도 시스템 개발 및 특허 발명
스크린사격 시스템 개발 및 특허 발명
스크린싸이클 시스템 개발 및 특허 발명
스크린승마 리얼영상 연동 시스템 개발 및 특허 발명

최고의 솔루션만을 고집한다
- 김호상

공부에 지친 여러분을 위해
일에 지친 여러분을 위해
무료함에 지친 여러분을 위해

여러분의 문제가 술술 풀릴 수 있게
최고의 솔루션만을 고집하는
나라소프트의 새로운 해법

좀 더 재밌게 공부하고
좀 더 효율적으로 일하며
좀 더 신나게 즐길 수 있는

다양한 솔루션 노하우와
끊임없는 개발 도전정신을 근간으로
융복합 ICT를 추구합니다.

정직함으로 변함없고
고객과 함께 숨 쉬며
세계를 향한 앞선 기술을 보유한

IT시장 개척의 아이콘 나라소프트,
항상 여러분 곁을 지키는
믿음과 신뢰의 회사가 될 것을 약속합니다.

똑똑한 스크린

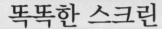

– 김호상

강남의 유명 강사 수업을
도서지역 학생들도 실시간 수강할 수 있다면

게임이나 영화를 볼 때 혼자가 아닌
원격지 친구들과 함께 즐길 수 있다면

밖에는 비가 오지만
원하는 스포츠를 골라 맘껏 할 수 있다면

이러한 물음에서 시작된
나라소프트의 첫걸음이

다양한 문화콘텐츠를 한자리에서 간편히 즐기는
스마트 스크린으로 구현된다.

교육과 문화를 결합한 혁신적 시스템으로
즐기면서 익히고 익히면서 배우는 가상현실의 세계

IT시장의 창조적 미래를 열어가는 나라소프트의
똑똑한 스크린의 세계로 당신을 초대한다.

벽壁

- 김호상

불쑥 벽(壁) 하나가 솟아올랐다.

처음에는 그것을 피해 먼 길로 돌아가려 했고
다음에는 그것을 두 손으로 힘껏 밀치려 했고

그 다음에는 그것을 뛰어넘으려 했고
그 다음에는 그것을 부숴뜨리려 했다.

끝이 보이지 않는 높다란 벽 앞에서
쪼그라든 세월

도망친 것은 세월이 아니라
먼 곳을 보는 마음이었나 보다.

조심조심 뒷걸음질 쳐 지친 몸을 벽에 기댔다.
그러자 놀랍게도 두 가지 선물이 주어졌다.

아무것도 가로놓이지 않은 탁 트인 시야와
등 기대 쉴 수 있는 든든한 버팀목.

그제야 깨닫는다.
벽은 마주 보는 것이 아니라
돌아서서 등을 기대는 것임을.

박상용

약력
(주)비츄인 대표이사
(사)한국외식산업협회 부산울산광역지회 수석 부회장
부산북부경찰서 청소년지도위원회 위원장

상훈
부경대학교 총장 표창
부산광역시장 표창
농림축산식품부장관 표창
부산상공회의소 회장 표창
국회의원 조경태 표창
부산지방경찰청장 감사장
대한민국 신지식인 선정

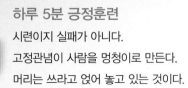

하루 5분 긍정훈련
시련이지 실패가 아니다.
고정관념이 사람을 멍청이로 만든다.
머리는 쓰라고 얹어 놓고 있는 것이다.

【정주영 회장의 어록】

손세정제

– 박상용

우리 눈에 보이지 않는 세균들
두 손에 가득하다
세균으로부터 이별하고 싶을땐
손세정제를 사용하자
몇 번의 펌핑만으로
두 손이 깨끗해진다
우리 눈에 보이지 않는 세균들
손바닥 구석구석에 숨어 있겠지
세균들아 이제는 너와
이별하고 싶다
그런 마음으로
세상의 묵은 때를 씻겨 주리라
깨끗한 두 손으로 만든 세상

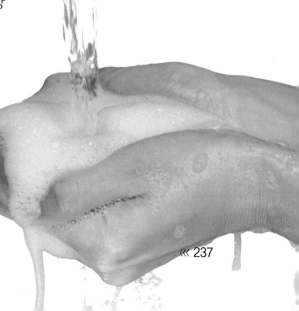

백 퍼센트

— 박상용

99.9퍼센트의 세정력으로
세상의 먼지를 닦아냅니다
1퍼센트는 고객의 마음입니다
항상 반짝반짝 빛나는
소중한 고객의 마음만은 닦아내지 않습니다
고객님이 떨어트린
마음 한 방울,
청결의 시작입니다
깨끗한 세상의 완성입니다

마음의 소독제

– 박상용

식탁의 얼룩과 물때를 보면

내 마음에도 물때가 끼는 것 같다

그럴 땐 청소를 시작하자

집안 곳곳을 쓸고 닦자

마음 한구석이 환해지는 걸 느낄 수 있다

나 역시

누군가의 마음을 환하게 밝히는 존재가 되고 싶다

때 묻은 마음을 소독하고 싶다

세상의 나쁜 균으로부터

누군가를 보호하는 존재가 되고 싶다

그럴 땐 청소를 시작하자

내마음도 맑아지는 것 같다

깨끗해진 유리창 너머로

맑은 물소리 들려온다

박인재

학력

연세대FCEO 31기

서울대외식 39기

원광디지털대 얼굴경영학과 재학

경력

부산사상 무한사랑 김치찌개 대표

어머니가 원정돼지국밥 운영

서울대학교 ABKI 9기 원우회 감사

> 하루 5분 긍정훈련
>
> 돈은 거짓말을 하지 않는다. 돈 앞에서 진실하라.
>
> 돈을 애인처럼 사랑하라. 사랑은 기적을 보여준다.
>
> 검약에 앞장서라. 약 중에 제일 좋은 약은 검약이다.
>
> 【이건희 회장의 어록】

원정 돼지국밥

- 박인재

싸리골의 매운바람
골 따라 시장 안에 오면
연탄불 선학솥은
연기를 휘감으며
고우고 곤 사골국물
분수처럼 넘쳐나니

배고픈 행인들의
발걸음을 재촉하고
둘러앉은 고깃국물
떰벙떰벙 작은창자
세상공해 다 가져가
태백성의 힘이로다.

이마에 땀방울이
내 몸 전체에 흐르는데
구수한 고기 맛에
진젓넣은 갓김치가
어찌 그리 맛나는고
생마늘 알싸함에
모든 고통 잊혀지고
혀끝은 아른아른
아무생각 없어지니
그리운 울 엄마의
토렴토렴 밥알국물
아 그리워라,
원정 돼지국밥이여...

묵은지 김치찌개

- 박인재

봄여름가을겨울
독안에 깊이깊이
세상일들 다 안고서
곰삭힌 엄동설한

저녁따비 뚝딱뚝딱
비곗덩이 뜸북뜸북
막막썰어 뽁딱뽁딱
누구라도 침샘꽉꽉

벌렁거린 콧구멍이
머리인가 가슴인가
잊지못할 그냄시에
숟가락도 춤을추네
묵은지 김치찌개여.

백년가도 천년가도
잊지못할 그냄시가
맑은물과 죽염으로
다시한번 간맞추니
의리의 김치여라...

얼굴 경영

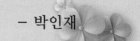
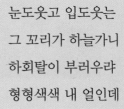

– 박인재

될 일만도 시간없는
아름다운 인생인데
이것저것 요리조리
동분서주 오락가락

갈지자로 빠른걸음
얼마만큼 바꿀려고
세상시름 다 잊고서
넉넉한 맘 최고여라.

눈도웃고 입도웃는
그 꼬리가 하늘가니
하회탈이 부러우랴
형형색색 내 얼인데

좋은생각 씨앗뿌려
웃고 웃어 변화왔네
넉넉한 맘 내려내려
양귓불도 입에 왔고

쑥뜸맛은 매웁지만
오장육부 순환하니
막힌인생 화통소통
분홍찰색 절로피네

이런것이 세상이고
요런것이 대동이라…

방순극

경력

제일모직 오창사업장 경영혁신팀장
MBC화제집중 방송출연
한국경제 TV방송출연
삼성그룹 방송 출연
매일경제신문소개
동아일보 (주목,이사람) 소개
국경제신문 소개
방일보제안 고개
호산대학교 석좌교수(2016년)
창조경영인 대상수상(2016년)
BS컨설팅 대표(제조 · 혁신)

수상

삼성그룹 제안상 수상
전남 으뜸장인상 수상
여수시 신지식인상 수상
세계 TPM 대상 수상
전남 으뜸장인상 수상
여수시 신지식인상 수상
표준협회 생산성 유공자상 수상 명인

문 앞에서

- 방순극

'열다'의 반대말은 '닫다'일까요?

그대,
어느 문 앞에 서 있나요
문을 열고 있나요?
닫고 있나요?
여닫기 좋게
문고리는 달아두었나요?
가까이 두고도
찾지 못해 헤매고 있는 건 아닌가요?

당신의 방문을 열어준 문고리가
방문을 닫아줄 문고리일지도 모릅니다.

잊지 마십시오.
문을 연 사람이
바로
문을 닫은 사람이란 것을.
문고리는 언제나
당신 앞에 있습니다.

빛으로의 초대

– 방순극

암흑(暗黑)의 터널을
적막(寂寞)의 고독을
명멸(明滅)의 시간을
지나온 사람만이
빛의 진가를
알아볼 수 있다.

멀리 보이는 한 점
터널 끝 빛을 보며
묵묵히 자갈길을
걸어온 사람만이
빛의 진가를
알아볼 수 있다.

세상을 긍정으로
사람을 희망으로
새로운 힘을 불어넣으며
터널 끝 빛 앞에서
웃을 수 있다.

마음의 필터링

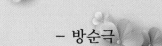

- 방순극

찌꺼기를 걸러내는 거름망처럼
우리 몸과 생각에도
유해물질을 걸러내는
필터가 장착되어 있다면
누군가 생각 없이 건네는
말 한 마디에
상처 받아
피 흘리지 않아도 될 텐데

바람 부는 지금
안개 자욱한 이곳
혼탁한 우리에게
필요한 것은
자신도 모르게
까맣게 때가 탄 육신을
무색투명하게 걸러 줄
마음의 필터링

백남선 白南善

이화여대 여성암병원 병원장
의학박사 외과전문의

학력 및 약력
이리고등학교 졸업
서울대학교 의과대학 졸업
서울대학교 의대대학원 석사, 박사(외과학)

경력 및 수상
現) 이대여성암병원 병원장
前) 건국대학교병원 병원장 역임
前) 원자력병원 병원장 역임
現) 헬시에이징학회 회장
現) 대한임상암예방학회 회장
2006년도 영국 Cambridge의 IBC에서 위암 및 유방암 세계 100대 의사 선정

오늘

- 海峰 백남선

오늘이 나의 행복이며 꿈이다.
내일은 환영으로 가득 찬 허상일 뿐.
사랑하라, 오늘의 이 아침을

그대 곁에 있으면

- 海峰 백남선

그대가 내 곁에 있으면
내 둘레의 모든 것이 숨을 쉬며
생동한다.

하늘이며, 바다며, 바위며,
나무들까지

내 나이

– 海峰 백남선

나는 아무하고도 다투지 않는다.
아무것도 다툴만한 이유가 없기에.
나는 많은 삶을 살았고,
결국 세월이 나를 익혀
이해의 여유를 가르쳤기에.

꿈

– 海峰 백남선

나는 그녀의 입술에서 잠을 잤다.
그녀의 숨결소리를 들으며
그녀의 향기를 맡으며
부드러움 속에서

Life 삶

– 海峰 백남선

our kiss has no same feeling
our cuddle make no same dream
now also never come again
tonight, too never come repeatedly
Life has no round ticket

Life is just once journey

우리의 키스는 꼭 같은 느낌을 가질 수 없다.
우리의 포옹도 꼭 같은 꿈을 만들 수 없다.
이 순간도 다시 오지 않는다.
오늘밤 또한 반복되지 않는다.
인생은 왕복티켓이 없다.

삶은 단 한 번의 여행

이재기
(李在己, Lee Jae Kee)

약력

『문예시대』 신인상으로 등단(2006년)

한국문인협회 회원

부산문인협회 회원

한국농림문학회 회원

철도고등학교 졸업

영남대학교 전자공학과 졸업

한국전자통신연구원(ETRI) 연구원

일본 동경대학 공학박사

현재 동아대학교 컴퓨터공학과 교수

하루 5분 긍정훈련

행동을 변화시키려면 많은 돈을 투자해야 한다.

좋게 만들 수 없다면 적어도 좋아 보이게 만들어라.

성공은 형편없는 선생이다. 똑똑한 사람들로 하여금

절대 패할 수 없다고 착각하게 만든다.

【빌 게이츠의 어록】

때 이른 매화

– 이재기

너무나 이르게 찾아왔기에
반갑다는 말보다는
정말 괜찮겠냐며 안쓰러워
덥석 손부터 잡고 표정을 살펴봅니다.

기다리고 있긴 했지만
아무런 연락도 없이
무작정 문을 열고 들어와
아직도 꿈인지 생시인지 멍멍합니다.

한평생 추위 속에 살아도
향기조차 팔지 않는다 했는데
그윽한 향기를 머금고
한겨울도 대수냐는 듯 활짝 웃습니다.

철이 없어도 그렇지
이리도 빨리 와버리면
쩔쩔 매는 것은 네가 아니고
어찌 봄까지 버틸까 내가 안달입니다.

봄을 찾아서

— 이재기

따사로운 햇살에
기지개 켜고 일어나
은은한 향기 풍기는 바람 따라
아무런 망설임 없이
봄을 찾아서 길을 나선다.

그리 기다렸던 봄이기에
몸단장도 않고
옷조차 걸치는 둥 마는 둥
맨발로 무작정 나서
사방을 두리번거리며 불러도 본다.

먼 산마루에 걸린 아지랑이 쫓다
잎 나기 전에 피어난 꽃향기에 취해
파릇파릇 돋아나는 새순에 빠져
땅바닥에 쪼그리고 자란 들풀 보며
꽃샘추위 아랑곳 않고 개울도 건넌다.

어느 새 날은 저물어가고
여기저기 봄노래 감미롭게 들려오건만
찾는 봄은 어디에도 보이지 않고
지친 발걸음으로 돌아오는데
먹구름 몰려오며 하늘에 눈발까지 날린다.

눈감는 날까지

— 이재기

비가 오나 눈이 오나
마을 앞 느티나무 아래에는
노부부가 나란히 앉아
마을로 향하는 차가 있나 보고 있다.

당장이라도 함박 웃으며
달려와 안길 손주들 기다리다
해가 지면 일어나 손을 잡고
내일은 오겠지 하며 집으로 향한다.

줘도 줘도 더 주고 싶고
아무리 서운한 일 당해도
무슨 일이 있어 그러겠지 하며
늘 자식들 먼저 위하며 잠을 뒤척인다.

노후 위해 남겨 뒀던
논과 밭까지 팔아가더니
가끔 받던 전화도 걸리지 않아
무슨 일이 생겼나 걱정부터 앞선다.

생일이 되어도
어버이날이 되어도
자식들 그림자조차 보이지 않지만
혹시나 찾아올까 하여 이사도 못 간다.

몸 져 누워 있으면
더욱 그립고 보고 싶은데
오라는 자식들은 보이지 않고
과일 장수만 가끔 찾아와 말동무가 된다.

오늘도 어제처럼
마을 앞 느티나무 아래에는
노부부가 손을 꼭 잡고 앉아
찬바람을 맞으며 자식들 기다리고 있다.

* 2018년 12월 23일자 중앙일보에 실린 '재산 다
  주고 쓰러지니 전화번호 바꿔 이사 간 자식들'을
  읽고

임영래

학력

1964년 부산부민국민학교 졸업

1967년 부산남중학교 졸업

1970년 부산동아고등학교 졸업

1977년 단국대학 상경대 경제학과 졸업

경력

기아산업근무(1978~1981년)

반월나염근무(1982~1986년)

(주)실크월드 대표이사(1986~2002년)

2003부터 건축업운영 상가개발시행시공

(주)삼성개발 대표이사

저마다의 저녁

- 임영래

하루의 시작이 제각각인 것처럼
하루의 마감도 그러하다.
저마다의 저녁을 짊어지고 한강 벤치에 앉은 모습이라니
흐르는 강물만 우두커니 바라보는 사람의 뒷모습이라니.

누군가에게는 평온한 하루였을 것이고
누군가에게는 지옥 같은 하루였을 것이고
누군가에게는 길고 지루했을 하루였을 것이고
누군가에게는 아쉽고 짧은 하루였을 것이리니

어둠이 농익으며
휙휙 자전거 탄 사람처럼
시간이 내 앞을 스쳐 지날 때
그들의 구슬픈 뒷모습과 만났다.

희로애락의 하루하루가 모여야
비로소 삶의 그림이 완성되는 것임을
자신이 열고 자신이 닫은 하루 중
그 어떤 하루도 헛된 날은 없으리니

그대여,
그대가 한낮에 떨어뜨린 씨앗이
한밤중에도 희망의 싹을 틔우고 있음을
부디 잊지 마시길.

추수

- 임영래

하루 이틀 사흘,
시간의 낟알이
땀으로 영글어
가을에 맺혔다.

닷새 열흘 백일,
그대의 무거운 어깨 위로
속삭이던 말들
가을날에 맺혔다.

오, 가을날의 햇살이여
내리는 축복을
거두어 곳간을 가득케 하라

오늘이라는 시간에
그대여, 마지막 땀을 더하라
내일은 알알이 들어찬
행복한 꿈이 된다.

돌 틈에 핀 꽃

- 임영래

황폐한 생태계 속에서도
포기하지 않고
끝까지

보라, 저 좁은
삶의 틈을
비집고 올라온

의지와
희망의
증거를 보라,

생존한다는 것의
한계상황을
돌파하는 저 힘을

산다는 것의
눈물겨운
위대함이여.

오황 吳凰

약력

충남 논산 産
1959년 生
양평 오황한의원 원장

世上事

– 오황

그대
사랑하게 되던 날
그대는
내곁을 떠났고
내가
안개 속에 머물 때
그대 다시 다가와
그 모습 다 볼 수가 없었습니다.

안개 헤치고
눈 비벼
다시 그대 찾으니
또 그대 모습
그 자리에 없습니다.

공중전화

– 오황

사람들은 이제 더 이상
공중전화 박스 앞에
줄을 서서 종종거리며
전화 받을 사람의 얼굴을
떠올리지 않는다.

그 기다림 뒤
전화기 숫자판에 손가락을 넣어
일일이 다이얼을 돌리거나
또는 숫자 하나하나 콕콕 누르며
잠시 상대방을 헤아릴 마음을 잃었다.

이제는 그 공중전화를 통째로
호주머니에 넣고 다니다
그냥 문득 심심할 때면
손가락 한번으로 상대를 부른다.
안 받으면 또 다시 그 이름 위를
손끝으로 터치하면 그만이다.

통화 끝나면 생각 난 김에
또 다른 사람의 이름을 눌러
너스레를 떤다.
그냥 갑자기 생각이 났다는 둥..

동전 떨어지는 소리따라
절제된 마음과 소식이 오가던
전화 통화가
무제한 통화로 길어지며
어깨가 뻐근해진 날
나는 스마트폰을 끄고
사람 발길 끊긴
빈 공중전화 박스 앞에 서서
아직 못 다 전한 이야기를 되 뇌어 본다
..이만 끊어야겠다고..
..다음에 또 얘기 하자고..

겨울 나무

– 오황

또 긴 시간
나무는 텅텅 빈 채로
세월을 산다.

그 위에 눈이 내려도
칼바람이 불어와도
그냥 세월을 산다.

나무가 꿈을 알 리 없고
바람을 가질 리 없는데
사람들은 다가와
자신의 시린 가슴 달래려
자꾸 呪文을 넣는다.

봄이 온다
새싹 돋는다
꽃이 핀다
나비가 날아 온다..

그러면 나무는
천년의 세월을 그랬듯이
어느 봄날
그 바람 이루어 준다.

그래서 나는
나무 아래에서
소망을 말하지 않는다.

그냥 바라볼 뿐
다가가 팔 벌려서
가슴을 대어 볼 뿐...

개태사 옆집

－ 오황

논산 천호산 아랫마을

개태사 옆길

햇살 잘 들어오는

정갈한 시멘트집..

얼마 전까지는

주인이 살았었던 듯

외벽은 아직

닦아 놓은 듯 깔끔한데

마당 들어가는 길

잡풀들이 막아서며

빈 집을 지킨다.

무슨 사연일까

아직 가을 햇살 남아 있는데

맨드라미 길가에 피어 있는데

인기척 없고

햇살만 들어 있는 집

겨울 첫 눈 내려

눈길 열리면

그 집 살던 강아지

꼬리치며

마당가를 다시 맴돌까...

위재천

전남 장흥 출신

학력
전남대 법대 · 대학원 졸업

경력
1989년 제31회 사법시험 합격
전) 서울중앙지검 부장검사,
전) 영덕, 진주, 충주지청장
전) 대전지검 서산지청장 역임
현) 법무법인 '동인' 대표변호사

수상
2016. 5. 『한맥문학』 신인상 수상, 등단

저서
2016.4. 협업시집 『가슴으로 피는 꽃』
2017.1. 시집 『오월이 오는 길』

단풍나무처럼

- 위재천

휙휙 뻗은 가지에
별들이 달려있다

늦가을 햇살 받아
빨갛게 불사르며

지나가는 발길을
꽈악 사로잡는데,

언제가 한번쯤은
저 단풍나무 되어

한생을 걸어놓고
타오를 수 있을까

돌탑

- 위재천

쪽빛 하늘 내린
개울 바위 위에

한 층 한 층 쌓은
아주 작은 돌탑

청량한 물처럼
맑은 바람처럼

저 낮은 곳으로
걸림 없이 흘러

끝내 도달하는
간절함을 담아

연시

- 위재천

파아란 도화지에
붉게 물들어가는
접시감을 찍는다.

투박한 두 손으로,
간짓대로 비틀고
하나 둘 씩 주워서

그 시절, 도시락에
하나 가득 담아서
들고 오신 할머니

이제 텅 빈 마당엔
산 까치 몇 마리나
놀러와 있으려나.

07
Chapter

그대
걸어온 길과
걸어갈 길을
잘 살피면서

사랑의
또 다른 이름은
의지입니다.

> 남은 것은 스스로
> 책임지는 것뿐.
> 승리든 패배든 사람에 따라
> 독이 되고 약이 된다.
> 되돌릴 수 없다면 흔들림 없이
> 나아가야 한다.

정재선

충청남도 계룡산 신도안 출생

경력

(현) 용화정사 주지 선덕합장

(현) 용화사랑 봉사단 회장

(현) 대한불교 법상종 복지부장

(현) 평택시 구치소교정위원 수석부회장

(전) 불교연합회 복지부장

수상

경기도지사표창 수상(2003)

안성시장표창 수상(2003)

법무부장관표창 수상(2012)

안성맞춤 이웃사랑

― 정재선

안성시장에서
보따리 장사를 하며
치열하게 살던 그 시절

가난은 힘들어도
귀한 인연들 덕에
마음만은 부자였네

부처님이 주신
연(緣)에 연이 쌓인 지
어언 30여 년

인연을 소중히 하며
성내지 않고
욕심 부리지 않으며

안성맞춤 이웃사랑을 나누니
부처님의 자비로운 미소가
늘 나와 함께하네

엄살

- 정재선

자꾸만 살이 찐다
먹는 것도 별로 없는데 살이 찐다

잠을 많이 자서 그런가
생각이 떠돌아 잠으로 붙잡으려 했더니

마음은 바싹 마르고
몸만 퉁퉁 붓는다

왜일까 눈 크게 뜨고 이 궁리하고
눈 질끈 감고 저 궁리한다

오호라
이 모든 게 그놈 때문이었구나

하나도 못되는 것을 둘이라 호들갑 떨며
야단났네만 외치고 있었으니

호시탐탐 기회 노리던 놈이 이때다 하고
내 몸 안에 착 둥지를 틀었던 것이구나

살은 살이로되 '엄살'이란 놈!
바로 그놈이 범인이렷다

세상만사世上萬事

– 정재선

쿵~짝짝 쿵~짝짝
시간이 4분의 3박자로 흐르오.

만사(萬事)는 되는대로가 아닌
될 대로 되는 것이거늘

드넓은 하늘을 바로 머리 위에 이고서도
안절부절못하는 이내 삶이 참말 부끄럽소.

막는다고 멈출 바람도 아니고
눈 감는다고 사라질 먹구름도 아닌 바에야

자잘한 상념은 한 켠으로 물리고
헛된 욕심 버리고 가다 보면 또 아오?

가슴 따스한 사람들이 모여 있는
부처님 품처럼 평온한 정거장에 내리게 될지.

이러니저러니 해도 세상만사
어허, 참 잘도 흘러가는구먼요.

구름 따라 욕심도 세월도
우리네 인생도 말입니다요.

한용교

학력

성균관대학교 법정대 법률학과
연세대학교 행정대학원
성균관대학교 명예법학박사

경력

(주)원지 회장(前)
(사)한국포장협회 명예회장(現)
LG생활건강 동반성장심의위원회 위원장(現)
재단법인 한용교 장학재단 이사장(現)

상훈

대통령 훈장(새마을근면장/국민훈장 석류장/철탑산업훈장)
국무총리 표창(1988)
산업통상부장관 표창(2014)
서울시장 표창(1983/1984)
제1회 자랑스런 성균인상(1994)

할아버지와 그네

– 한용교

삐그덕,
세월에 녹슨 그네가
앞뒤로 흔들거릴 때마다
인생도 더불어 오르내린다.

그네가 한 번 오르내리면
개구쟁이 골목대장이 까까머리 중학생 되고
여드름쟁이 고등학생이 늠름한 청년에 남편도 아빠도 되고,
어느덧 어깨 좀 펴고 한숨 돌리니 귀밑이 하얗다.

고목나무 껍질 같은 얼굴로 축 늘어진 시간과 동무한 채
그림자만 단짝인 놀이터에 하릴없이 나와 앉아
발을 구르며 그네를 타보지만,
텅 빈 오후의 날선 공허함만큼 부질없는 몸짓이다.

남은 세월
배려하고 소통하며 공감하고 감사하며
솔선하고 칭찬하며 빛이 되고 소금 되며
인생의 그네나 좀 더 타다가 가야겠다고
허공의 그네를 바라보며 다짐하였다

산다는 것은

- 한용교

시선을 멈춘다는 것
놓지 않으려고 마음 다 쓴다는 것
매일매일 발자국을 남겨야 한다는 것

오랜 시간 잊고 있던 나를
힐끔거리기만 하던 너를
낱개의 외로움으로 허덕이던 우리를
새삼스러이 보듬어야 한다는 것

사랑이 사라져도
세월이 도망쳐도
삶이 내내 빈손이어도
습관으로 고개 젓지 않고
정면을 바라봄에 겁먹지 않으며
찬찬히 고여 있는 숨을 내쉬어야 한다는 것

산다는 것은
혹은
살았다는 것은
행복한 것이리라

- 헌시 -

희망의 장학금

– 한용교

메마른 땅 구석구석 일궈
희망 씨앗 한 움큼 뿌려놓고
때맞춰 물주고 거름 주고 햇빛 쐬어주는
농부의 마음으로
후학들에게 장학금을 주기 시작했더니
삐죽삐죽 척박한 땅속을 비집고
꿈의 새싹이 돋아났네.

마음 담아 건넨 그 작은 희망이
어느새 씨앗이 되어 움이 트고
열정의 잎과 노력의 가지를 펼쳐
주렁주렁 행복의 열매를 맺었네.

나의 응원으로 잘 익은
행복 열매들이 땅으로 떨어지면
기다렸다는 듯
스스로 희망의 씨앗 되어
또 다른 누군가의 든든한 나무가 돼주고
자신이 받은 만큼 그들의 꿈을 응원해주는
이 아름다운 봉사의 선순환이여.

– 헌시 –

최숙이

코스모토판매(주) 대표이사

2018 신지식인상
2018 창조혁신경영대상
제1회 대한민국 인물대상
2018 대한민국 베스트브랜드대상
2018 대한민국 혁신리더 대상
2018 대한민국 성공대상
국회 부의장상 이주영

2019 서울특별시 박원순 시장 표창장
2019 서울특별시 모범시민상
2019 777사령관 육군준장 정요안 감사장
2019 특수전사령관 중장 김정수 감사장
2019 제6군단장 중장 김성일 감사장
2019 동해시장 심규언 감사장
2019 국회 여성가족위원장 표창장

탁월한 기술력을 팝니다
— 최숙이

도전은 역사를 만들고
역사는 이를 증명하듯

특허명 '절전기'로
오직 세계에서 하나

전기절전기 CESS를 탄생시킨
코스모토의 역사적 도전.

우리가 파는 것은
단순한 상품이 아닌

땀과 열정으로 이루어낸
탁월한 기술력.

우리의 독보적 기술을 팔아
지구의 아름다운 환경을 사고

절전시스템 세계시장을 선점해 낸
코스모토판매(주)의 눈부신 도전.

세상을 아름답고 풍요롭게

— 최숙이

정부의 에너지 절약 시책에 적극 부응하고
기업의 경쟁력 제고에 기여하며
지구 환경 보호에 앞장서는

경쟁 업체와는 차별화된 최고의 상품과
최상의 서비스를 위해
지속적인 연구와 개발에 투자하는

건실한 기업 경영을 통한 이윤이
사회 환원과 재단 건립을 통한
불우하고 소외된 이웃의 복지에 기여하는

사람을 사랑하고
나라를 사랑하고
환경을 사랑하는

그리하여 신에너지 문화의 정착과
모두가 잘사는
행복한 사회를 만드는 것,

에너지 절약의 새로운 메카
COSMOTOR CESS의 꿈이자 신념입니다.

간이역에서

– 최숙이

녹슨 철로 위를
수많은 기차들이 지나갔겠지요.
눈물과 희망과 사랑과 외로움의
각기 다른 사연을 싣고 말입니다.

레일에 새겨진 흔적이 채 가시기도 전에
또 다른 기차가 달려옵니다.
시간을 타고 달려오는 이들이
바라보고 있는 것은 무엇일까요.
차례차례 스쳐 가는 풍경 속으로
자신만의 새 길을 내고 있는 걸까요.

이름 모를 간이역에서
떠나가는 기차의 뒷모습이 아름다운 건
열심히 달려온 그 길을 따라
착하게 되돌아가기 때문이겠지요.

기차가 도착할 때도 기차가 떠나갈 때도
묵묵히 길을 지키고 있는 저 녹슨 철로처럼
저 역시 제 자리에서 책임을 다하며
묵묵히 삶을 지켜야겠습니다.

CK

문병창 文炳昌

학력

단국대학교 경영학 석사

국립 창원대학교 경영학 박사

경력

전) 한국냉장 회장

축산기업 중앙회장

서울대법대(ALP) 총동창회장

현) CK그룹 회장

서울대학교 총동창회 이사

미래포럼 총회장

국립 창원대학교 석좌교수

수상

대통령 표창

어서 오게나

저 옛날엔 말이지,
"그늘에서 좀 쉬었다 가게나!"라는 말이 얼마나 좋은 건지 몰랐어.

그늘을 모를 때는 말이지,
그저 더 좋은 삶에 대한 목마름으로 숨이 차기만 했었지.
시간이 조금 지나자 말이지,
드디어 그늘을 필요로 할 때도 있다는 걸 알게 됐지.
시간이 조금 더 지나자 말이지,
눈길 한번 안 주던 그늘을 무지하게 그리워하게 된 거야.
시간이 많이 지난 지금은 말이지,
그저 바라보고만 있어도 좋은 게 저 그늘이란 놈이야.

당신, 어느새 고개를 끄덕일 수 있는 나이가 됐네.
미안하고 고마우이.
이제는 내 차례라네.
언젠가는 당신, 서러움 없는 마음으로 세상 둘러볼 수 있게
당신의 그늘이 되어 줄 터이니.
"어서 오게나, 내 그늘에서 잠시 쉬었다 가시게!"

인이 박이다

- 문병창

누군가의 손에서 떠나
바람에 날리고 발길에 채여 땅바닥 한가운데
철퍼덕 누워버린 헌 신문 한 장처럼
조금씩 찢기고 해질지언정
한번 달라붙은 몸통은 당최 떼어지지 않는다.

인이 박인다는 것은 이런 것이다.
살아온 시간에 비례해서 내 의식에 내 육체에
뿌리 깊게 자리 잡고 있는 온갖 습성들이 그것을 증명한다.
세상을 바라보는 한정된 눈길이 그렇고
앞뒤 안 맞는 희망이 그렇다.

자신도 모르는 새 굳어버린 시선으로 세상을 보고
타인의 잣대로 행복과 불행을 가늠하고
스스로를 위로하며 살기에도 바쁜 것이다.
그런 연유로 내 삶에 박여 기생하고 있는 헌신문-인-의
존재를 까맣게 잊을 수 있는 것이며
더더욱 태평한 세월을 보낼 수 있는 것이다.

바람이 등을 밀면

— 문병창

까닭 없이 눈물이 날 때면
어디에선가 바람이 부르는 소리가 들려옵니다.
페달을 굴려 바람이 손짓하는 방향으로 달려가다 보면
하나 둘 마음에 담겨져 있던 얼굴들이 떠오릅니다.
여전히 곁을 지키는 이들도 있고 떠나버린 이들도 있고
그 빈자리를 새롭게 지켜주는 이들도 있습니다.

가슴 깊이 숨을 마시고
거짓말처럼 푸른 하늘을 올려다보다
자전거를 타고 달리기 시작하면
어느새 얼굴 가득 따스한 햇살이 스며들고
살며시 등을 밀어주는 바람의 손길이 느껴집니다.
그러면 저절로 중얼거리게 되지요,
"아~ 행복하여라!"

행복은 어쩌면 이렇게 사소한 일상 속에서도
늘 반짝반짝 윤을 내고 있는 건지도 모릅니다.
단지 자신만이 그걸 알아채지 못했을 뿐.

김재원

경기남부지방경찰청 차장
경찰청 외사국 국장
충남지방경찰청 청장
전북지방경찰청 청장
서울지방경찰청 기동본부장

"나는 모든 것을 즐기고 싶다. 하루하루가 인생의 마지막 날인 것처럼 유쾌하게 살고 싶다."

이 말은 영화 〈The Last Time I Saw Paris, 내가 마지막 본 파리〉에서 전설적인 미녀 배우 엘리자베스 테일러가 했던 명대사로, 내 영혼을 춤추게 해 준 황금메시지다.

충남 홍성군 갈산면에 위치한 김좌진 장군 생가의 이웃마을에서 농부이자 장날엔 고장 난 라이터를 고치는 기술로 가족생계를 유지했던 아버지 덕분에 라이터쟁이 집이라 불렸던, 소박한 집안에서 육 남매 중 넷째로 태어났다. 고향인 홍성에서 용호초등학교, 갈산중학교, 홍주고등학교를 다니다가 고려대학교에 진학했으며, 졸업 후 뜻한 바 있어 경찰간부로 입문했다. 현재는 좌우명인 역지사지易地思之의 마음으로 주변과의 공감 및 나눔을 실천하며 살아가고 있다.

처녀작인 『공감의 힘』을 독자들의 격려 덕분에 수회에 걸쳐 인쇄하는 행운을 얻었으며, 뒤이어 『울지 마! 제이』, 『내 영혼을 춤추게 했던 날들』을 출간한 바 있다.

들꽃

– 김재원

누가 널 보고
잡초라고 부르니 하고
살며시 물었더니,
아무 대답도 없이
아침이슬을 핑계 삼아
눈물만 흘리던 녀석에게
또 누가 널 보고
잡초라고 부르면,
"나도 꽃을 피우고
열매를 맺을 수 있는
소중한 존재라고
자신 있게 말해봐"라고
알려주었더니.
그 여린 녀석이
아침햇살에 비추는
환한 웃음으로
내게 향기로운 입맞춤을
선물하네요.
기분 좋은 아침이네요.

물 한 모금

- 김재원

그냥
물 한 모금 마셨다고
싱겁게 말하지 마세요!

나 덕분에
타는 목마름을
이길 수 있었다고
말해주면 안되나요?

또 나 덕분에
꺼져가는 생명을
구할 수 있었다고
말해주면 안되나요?

하찮게 보이겠지만
어느 입과 입맞춤하느냐에 따라
저도 이 세상에서
가장 소중한 존재로
살아가지요.

구름아!

구름아!
부럽다.
넌 맘대로
온 세상을 떠돌다
쉬고 싶은 곳을 만나면,
그저 쉬면 되고.
정처 없이 떠돌고 싶으면,
그냥 떠돌면 되잖아.

보고 싶은 곳은
가까이 다가가 보면 되고.
보고 싶지 않는 곳은
그냥 멀리서 지나치면 되잖아.

너에겐
어느 길도 필요 없잖니?
네 맘 가는 대로 가면 되니까.
네가 부러워 죽겠어.

구름아!
이제라도 내 맘 알았다면,
동행해 줄 수 있겠니?

회원이 되어 주세요
02-3664-3355

강성수 사단법인 함께하는 희망나눔 사무총장

"함께하는 희망나눔"은 안전한 삶을 추구하며, 타인의 고통과 아픔을 공감하고 같은 시대를 함께 살아가는 동반자로서 역할을 충실히 하고자 합니다.

"함께하는 희망나눔"은 이백만 다문화 가정의 안정적이고 보람찬 삶을 위하여 정착 및 자활지원, 법률지원, 한글교실 운영, 자녀진학상담 등을 지원합니다.

"함께하는 희망나눔"은 소외되고 어려운 아동 청소년에게 장학금과 학습지원을 통해 꿈과 희망을 함께하고 있으며, 홀로 계신 노인들에게 의료 및 생활지원 활동을 하고 있습니다.

시민들의 후원과 참여로 사회의 어두움을 밝히고 사회적 가치를 실현하여 우리 사회 모두가 잘살 수 있도록 희망과 꿈을 나누는 "함께하는 희망나눔"은 기획재정부에서 허가한 "지정기부금 후원단체"입니다.

서로 배려하고 공존할 수 있는 사회를 만들 수 있도록 시민들의 따뜻한 참여를 부탁드립니다. 감사합니다.

님이여

– 강성수

때가 되어
흰 눈이 온 대지를 덮고

눈 녹아
물 흐르면

마음과 함께
꽃도 피어

살포시 속살 드러낸 숲이
서서히 덮어지네

눈 오지 않는
시절도 한때인데

만물을 잠시라도 덮는 것이
어찌 눈뿐이랴

채워도 빈 곳이 남는 욕심을
님과 함께 녹이려네.

봄의 시

— 강성수

꽃 봄이야
계절이 꿈이고
나날이 시다

눈도 녹고 물이 흘러
절기와 맞닿으니
앞마당에 연두꽃 풀꽃 미소 보이네

눈이 없던 한겨울
시절을 무정으로 보내네
유정으로 봄을 맞는 마음
그리움으로 사무치네

길

- 강성수

본시 그냥 그대로
누군가 발자국을 남기네

잘 알지 못한 산기슭 머슴
발자국 따라 오르네

나무들도 비켜주네
너도 가고 나도 가네

오솔길이 되었네
신작로로 커졌네

원래 길이 있었나
나도 가고 있네

언제부터 있었나
그 길이 이 길이길

김희경

국어국문학과 졸업

소파방정환, 새싹회, 백일장 다수 입상

역사해설사

사회복지사

시집 행복나들이

현) 도전한국인 운동본부 상임이사

국회 보건복지위원장 표창

마음의 비

창 안에는 눈이 내리고,
창 밖에는 비가 내린다

안과 밖의 경계를 날아오르는
정수리가 초록인 새
눈과 비 사이를 넘나들며
세상을 날고 있다
왼 날개에는 왼편 세계를
오른 날개에는 오른편 세계를

안과 밖
눈과 비
그리고 왼 세상과 오른 세상을
날아오르는
발모가지도 초록인 새

나는 꿈이 초록인
새를 기른다

미사리에 내리는 비

- 김희경

미사리에는 사람이 산다
마악 봄빛을 몸에 두른
사람이 하나 산다

미사리에는 사람이 산다
마악 바람난 봄을 맞이하는
사람이 하나 산다

미사리에는 사람이 산다
꿈이 초록색인
초록색 사람이 하나 산다

사랑

- 김희경

어둠에서 밝은 곳까지
뿌리에서 가지 끝까지
구름신발을 신고
날아오르는 새

한 사람을 사랑한다는 것은
하늘의 마음을
받아들이는 일

사랑으로 가는 길은 희망이다

- 김희경

시간의 끝을
감히 말할 수 있다
그리움의 끝을
감히 말할 수 있다

사랑으로 가는 길은
오늘도 희망이다

모가지가 파란
내 사랑의 온도는
몇 도일까

권지현 <small>대한민국 백단심무궁화 총연합회 이사</small>

백단심무궁화 대상인
백단심무궁화 교육강사
국회 무궁화 살리기 국민대표 18인 중 1인
백단심무궁화 홍보대사
평화 아리랑 홍보대사
평화의 아리랑 Peace Maker 멤버
국제법인 세계문화교류재단 최고위원
통일부 한복모델 홍보대사

민족통일협의회 인천지회장 표창장 수상
인도네시아 아체국왕 사회공헌부문 아리랑상 수상
세계평화 성직자 총연맹 공로상 수상
대한민국 청소년대상 지도자상 수상

길道

내가 길을 갑니다.
돌멩이에 넘어집니다.
무릎이 깨지고 피가 납니다.

다시 길을 갑니다.
큰 돌에 넘어집니다.
병원에 있다 왔습니다.

계속 길을 갑니다.
바위가 보입니다.
온전히 넘어 지나갑니다.

목적지에 왔습니다.
성(聖)이 보입니다.
우리가 되었습니다.

사랑心

- 권지현

마음이 비어 바람이 들어와요.
하늘이 보였어요.
땅도 보였어요.

눈을 들어 허공을 보았어요.
마음이 아파 눈물이 나왔어요.
찌를 듯이 아팠어요.

하늘을 다시 보았어요.
붉은 피를 마셨어요.
맑은 공기가 들어왔어요.

흰 옷을 입게 되었어요.
과일도 먹었어요.
사랑이 되어 은혜가 되었어요.

백단심 무궁화 예찬가

– 권지현

무궁화 향기 높은 우리의 강산에
배달의 소망 어린 꿈이 깃들어
선조들의 백의정신 우리의 문화
날마다 새롭게 문화 창달로
밝은 사회 건설 위한 무궁화정신
영원토록 꽃피우자 우리의 표상

국색천향 백단심 우리의 터전
서로서로 아끼고 보전해 가자
금수강산 삼천리 무궁화동산
가꾸고 깨우쳐서 빛내어 보자
손에 손잡고 하나가 되자
무궁화 얼 깊이 새겨 새 길을 열자

한라산 백록담 가슴에 품고
백두산 천지에 백단심 흩날리며
국향만리 백단심 무궁화동산
반만년 역사 속에 지켜 온 나라
아름다운 우리의 꽃 하얀 무궁화
온 세계 백단심 씨앗 퍼뜨려 보자

김송철

서울 열린사이버대학교 경역학 학사

2009년 2월~2010년 6월
영풍파일(주) 전 현장설비 관리

2010년 10월~2013년 2월
우진플라임(주) 사출기장비 제작 및 관련 연구실 연구원

2012년 3월
열린사이버대학교 총학생회 복지국장

2014년 2월
열린사이버대학교 총장 공로패

2014년 3월
인천환경공단 근무

2019년 3월
도전한국인운동본부 도전한국인 수상

산다는 것이

— 김송철

부모님 나를 낳아 키워주시고
그 손길 닿아서 어엿하게 자랐지만
그때부터 인생시작, 고생시작이었음을
나는야 몰랐었네 산다는 게 무엇인지

내 팔자 특별한지 한곳에 못 있고
부모형제 곁을 떠나 타향살이 하게 됐네
이국땅 여기저기 삶의 흔적 남기고 남기며
자존심 하나만 지키며 살아왔네

이내 몸 돌고돌아 자유세계 정착했네
타향살이 눈물도 흘리며 살았지만
이제야 내 입가에 웃음꽃이 피어났네
그때부터 내 인생 시작이다 결심했네

인간다운 삶이 뭔지 이제야 깨달았네
여가 바로 이곳이 천국이 따로 없네
이제는 나도야 이 땅에 뿌리내려
산다는 게 무엇인지 맛보고 싶구나

미세먼지

- 김송철

공기 속에 숨었느냐
바람 속에 숨었느냐
너란 애 누구길래 힘들게 하느냐
이 세상 어디 간들 따라만 다니느냐
나도 한번 원 없이 마시고 싶구나
미세먼지! 너가 없는 맑은 공기를

내 몸속에 있는거냐
어느 곳에 있는거냐
너란 존재 무서워서 내 몸도 속이 탄다
내 얼굴, 내 입과 코 너 때문에 울고 있다
너도 한번 생각해 보렴, 너의 이 무지함을
미세먼지! 언제쯤 나의 맘 너도 알겠느냐고

구름 속에 있는거냐
안개 속에 있는거냐
너 없는 지구가 오늘도 부럽구나
내가 사는 이 땅에 너가 없는 그날까지
우리 모두 힘을 모아 너란 존재 없애주리
미세먼지! 너 없이 맘 편히 살 수 있기를

약속

― 김송철

동구 밖 길 건너 강물이 넘쳐흐르고
강뚝 길엔 연인들 웃음소리 들렸던 곳
창문 너머 저 너머엔 살구나무 반겨줬던
그곳이 바로 내가 살던 고향집이었네

기쁠 때나 슬플 때나 한결같이 해주시던
부모님 생각에 지금도 눈물나네
내 아들 크면은 멋진 사람 되라 해주시던
아버지 말씀이 귓가에 쟁쟁하네

타향살이 할 줄은 꿈에도 몰랐지만
이것이 내 운명이라고 생각하며 살아왔네
나 혼자 잘 살라고 떠난 것은 아니지만
이제 와서 후회한들 무슨 소용 있겠니

살아생전 부모님께 효도 한번 못 해도
잘 돼서 돌아간단 약속 못 지킨 것이
왜 이다지도 가슴 아픈 상처로 남겨질 줄
나는야 이제야 철이 들어 알게 됐네

부모형제 내 옆에 아무도 없지만
내 주위엔 천사 같은 사람 넘치고 넘치네
부모님과 맺은 약속 가슴깊이 새기고
오늘도 나는야 열심히 살아가네

김병일

경기도 남양주에서 태어났으며 강원대 회계학과를 졸업하였습니다.
상장기업체 경리부에 근무하였으며 개인사업체를 20년 운영하다가
황토구들방을 짓고 싶어서 황토흙집 짓는 법을 배워서 흙집건축으로
사업을 전환했습니다.
이후 6년 동안 양파망을 이용한 순수 황토흙집을 50여 채 지었으며
배워서 혼자 짓는 황토흙집을 목표로 다음카페에 황토구들방 건축
동호회를 개설 운영해 오고 있습니다.
카페에서는 배워서 혼자 지을 수 있도록 황토집짓기 교육프로그램을
운영하고 있습니다.

황토와 구들의 뜨거운 만남

- 김병일

선조의 지혜를 좇아
자연친화적 구들을 들이고
살아 숨 쉬는 황토를 발라
우리의 몸을 치유하는
힐링의 공간을 짓는다

한국의 전통난방법 구들과
건강한 천연재료 황토가 만나
자연을 꿈꾸는 이들에게는 평온을
일상에 쫓기는 이들에게는 안정이라는
두 가지 보약을 선물한다

몸에 쌓인 독을 풀어내듯
뚝뚝 떨어지는
땀 한 방울 한 방울에
마음에 쌓인 욕심과 걱정까지
스르르 사라질 수 있도록

심신이 지친 사람들에게
최고의 휴식처를 짓는다는 일념으로
언제나 온 마음과 온 정성을 다하는
황토찜질방의 선도기업
가람 흙 건축

온돌의 추억

– 김병일

눈 내리던 겨울밤
꽁꽁 언 발로 문지방을 넘으면
후닥닥 이불을 들추어
아랫목을 내어주던 어머니

둥그런 밥상을 앞에 두고
온 가족이 오밀조밀
온돌 아랫목에 둘러앉아
정겹게 밥을 먹던 저녁풍경

불을 너무 때어
한쪽만 누렇게 된 장판 위에
허리를 대고 길게 누워
밤새는 줄 모르고 읽던 만화책

문득문득 매서운 겨울날 다가오면
금방 땐 군불처럼
시린 가슴 사르르 녹여주는
고향집 온돌방

아, 따끈한 행복이여라!

정직한 노력

— 김병일

세상을 바꾸는 것은
나를 바꾸는 것에서부터
첫 걸음이 시작된다네.

평범하더라도
작은 노력들이
쌓이고 쌓이면

어제 흘린 땀방울이
오늘 기쁨의 눈물이 돼
불가능을 가능으로 만든다네.

가진 것 없어도
남보다 두 배 세 배
노력할 의지만 있다면

지금은 비록 약하더라도
내일은 반드시
강해질 수 있다네.

성공이란 더디더라도
삶을 바꾸고 세상을 바꾸는
정직한 노력의 또 다른 이름.

누구나 시인이 될 수 있습니다

당신은 꽃보다
아름답습니다

당신이 주인공입니다

08
Chapter

박창식

와이지톰스 대표이사
데일카네기 부산 총동문회장 역임
부산무역협회 기업협의회 현 사무총장
한국무역협회 부산기업협의회 부회장
전경련총동문회 부회장 역임
전국 경제인연합회 부산지회장
부산 해양경찰서 정책자문위원회 부위원장
도전한국인운동본부 부산지회장 역임
대한민국 신지식인 선정
대한민국 올해의 신지식인상 수상
평창올림픽 준비위원회 부산지부회장 역임

하루 5분 긍정훈련

악기를 배우기 전 착한 마음을 먼저 배워라.
사랑을 너무 깊게 하면 그리움도 아픔이 된다.
네 도움이 필요하다면 누군지, 어딘지, 피부색, 믿음을
묻지 말고 몸, 시간, 돈을 던져라.

【이태석 신부의 어록】

도전! 세상에서 가장 아름다운 정신

– 박창식

팍팍한 삶 속에서 역경을 이겨내고 도전하는
사람들을 찾아내어 격려하며
도전의 삶이 자신을 일으키고 더불어
사회의 성장을 견인해 나감을 널리 알리고

작은 것이라도 일상에서의 도전이
아름답고 행복한 것이라는 공감을 이끌어내며
실패를 두려워하지 않고 도전하는 사람들이
시대를 이끌어가는 진정한 한국인임을 천명하고

도전 속에서 미래의 희망과 행복이 만들어짐을 알고
끊임없이 노력해 나가며
한국인의 도전정신을 통하여 세계 속으로 나아가
선한 영향력을 주고

우리를 밝고 희망차게 만드는 도전정신과 자긍심을
일깨워 도전지수와 행복지수를 높여줌으로써
자랑스러운 한국인 양성에 기여하는
도전한국인 본부

불굴의 도전정신을 지닌 빛나는 한국인들에게
힘찬 격려의 박수를!

누구나 슈퍼맨이 될 수 있다

 – 박창식

S자가 크게 새겨진 가슴에
빨간 팬츠와 파란 망토를 입고
속 시원하게 악당들을 물리치는
할리우드産 슈퍼히어로

눈 깜짝할 새
두 팔을 쭉 뻗어 하늘을 날고
지구를 구하려고 시간을 거꾸로 돌리는
강력하면서도 초인적 영웅

어릴 적 누구나 한 번쯤 꾸었던
하늘을 날고 싶다는 꿈
살다 보니 어느새 영화 속 슈퍼맨은
온데간데없이 사라졌지만

이제야 비로소 깨닫는다,
이 시대의 진정한 영웅은
크고 거창한 일만을 하는 사람이 아니라
자신의 자리에서 묵묵히 최선을 다하는 사람임을.

비가 오든 눈이 오든
남들이 알아주든 알아주지 않든,
변함없이 제자리를 굳건히 지키고 있는 이들이라면
누구나 슈퍼맨이 될 수 있음을.

자연의 위대한 선물

– 박창식

세월의 낙엽이
하나둘씩 모여

각자의 인생길 따라
수북이 쌓이다가

삶의 한 귀퉁이에
잠시 둥지를 튼 후

세상을 곱게 물들이며
시간의 손가락 새로 빠져나간다

바스락
바스락

삶에 있어 사소한 것은 없다고
속삭이는 낙엽이여

자연이 우리에게 준
위대한 선물

김은수 보루네오가구 회장

1966년 목재상을 운영하면서 설립된 당사는 지금까지 변함없는 고객의 사랑과 성원에 힘입어

– 50여 년 동안 국내 최고 수준의 가구사업을 활발하게 펼치고 있으며

– 극복하기 어려운 수차례의 위기상황 또한 꿋꿋하게 극복하고

– 지금 이 순간, 다시 한번 도약할 수 있는 기회를 잡았습니다.

이어 발맞춰 당사는 2016년 재도약을 위한 첫걸음으로 정직, 열정, 신뢰 경영의 가치를 추구하며 투명하고 공정한 의사결정을 위해 전 임직원이 정진하고 있습니다. 또한 지난 50년간 당사를 사랑해 주신 고객께서는 이러한 제2도약을 믿음으로 응원해 주셨으며, 이에 당사는 2016년 한국경제신문 주최 가구부문 고객감동경영대상을 2회에 걸쳐 수상하는 영광을 안았습니다. 당사는 앞으로도 고객의 가치창출을 최우선으로 하는 기업 문화, 고객의 목소리에 즉각적으로 부응하는 마음 자세를 지켜나가겠습니다. 믿고 쓸 수 있는 안전하고 편리한 명품 가구 시리즈를 지속적으로 개발, 출시하여 오랜 세월 보내주신 성원을 특별한 감동으로 보답하겠습니다.

· 도전한국인운동본부 국회 기획재정위원장 표창장 수상

행복공방

– 김은수

따뜻한 김이 모락모락 나는
어머니의 손맛이 더해진
정겨운 식탁

아이의 건강한 꿈과 미래를
꿈꾸고 실현시켜 줄
튼튼한 책상

바쁜 업무에 쫓겨 지쳐 돌아온
아버지의 피로를 풀어줄
편안한 침대

온 가족이 모여 TV를 시청하며
오손도손 대화를 나누게 해줄
안락한 소파

가구 하나하나에
정성과 사랑을 듬뿍 담아
삶에 가치를 더하는

행복공방 보루네오가구

집으로

— 김은수

영동대교에서
오렌지빛 노을과 만났습니다.

바쁘게 달려가는 차량 사이로
사위어 가는 햇살이 가슴을 적십니다.

도심의 노을에는 이상하게도
조금씩의 슬픔과 쓸쓸함이 묻어있습니다.

오렌지빛 슬픔을 가슴에 머금고
아직도 길 위에서 서성이는 이들이여

슬픔과 쓸쓸함은
평생 친구 같은 것

그까짓 것쯤 힘찬 내일을 위한 자양분으로
가슴 한쪽에 꽁꽁 묻어두고

지금은 집으로
돌아가야 할 시간입니다.

세상에서 당신을 가장 사랑하는
가족이 기다리는 집으로.

on

보수공사

– 김은수

튼튼하게 지어놓은 줄 알았던 담벼락에
어느새 또 금이 갔습니다.

시멘트 대신 사랑과 신뢰로
그 금을 메울 수는 없을까요.

무엇보다 무서운 건
마음에 금이 가는 일.

벌어진 틈마다 바람이 들면
시린 가슴에도 송송 바람이 들고
눈부신 하늘조차 위안이 되지 않는 것을.

그렇지만 한 번 더 해보는 수밖에요.
이번에는! 이번만큼은!! 하면서
다시금 기회를 줄 수밖에요.

희망을 개어
균열 위에 덧바르고
잘 마르기를 기다릴 수밖에요.

마음을 거두지 않는 한
몇 번이고 몇 번이고
고쳐 쓸 수 있지 않습니까.

그럼 시작해 볼까요.
줄줄 새고 있는 우리 마음부터
보수공사, 들어~갑니다.

최병국

강서구 호남향우연합회 회장

민주평화통일자문회의 강서구협의회 부회장

강서구 체육발전위원회 부회장

서울상공회의소 강서구상공회 부회장

강서구 통합 방위협의회위원

강서경찰서 집시자문위원회 위원장

강서구 서부광역철도추진위행정분과 위원장

서울시 주민자치협의회 상임고문

재경 완도군향우회 자문위원

강서구 주민자치협의회장(역임)

강서경찰서 공달래지구대생안협회장(역임)

재경 보길면향우회장(역임)

차가운 머리보다 따뜻한 가슴을

- 최병국

내가 태어나고 나를 길러준 땅
내 고향 호남
그곳이 있었기에 오늘의 내가 존재한다.

각박한 현실
성격도 삶의 방식도 각각 다른
사람들이 함께 부대끼며

오직 고향을 사랑하는 마음으로
서로 양보하고 배려하며 차가운
머리가 아닌 따뜻한 가슴으로

우리 모두가 한마음으로 하나 될 수
있었음 좋으련만

그날을 그려본다.

벼들의 합창소리

- 최병국

사그락 사그락
서로의 몸을 받쳐주며
한목소리로 불러 젖히는
너희들의 합창소리가
호남평야 가득 낭랑히 울려 퍼지네.

여름날 땡볕 속에서도
숨죽이지 않고 슬몃슬몃 자라나던
장맛비에 잠겨서도
주저앉지 않고 고개 빳빳이 세우던
세찬 바람 불어와도
부러지지 않고 감실감실 흔들리던

고난을 이겨내고 맺은 게 많을수록
자세를 낮출 줄 아는
그렇게 올곧은 마음으로 고향땅에 어우러져
세상을 향해 노래하는
그래, 너희들이 있었구나.
고맙고 또 고마워라.

길눈

- 최병국

바람이 부는가.
살랑살랑 불어오는 바람에
질끈 감고 있던 눈을 뜨고 곁눈질로 바라보니
다시 새 길 앞에 서 있다.
길은 새것인데 마음은 헌것이다.

비가 그쳤는가.
한 방울 두 방울 호졸근히 젖은 옷을 짜서
하늘가 빨랫줄에 널어놓으니
지난 세월의 머리 위로 오색 만국기처럼 펄럭인다.
마음은 헌것인데 희망은 새것이다.

햇살이 내리는가.
굽이굽이 지나온 길마다 족적을 떠서
길 위에 점점이 뿌려놓으니
삐뚤빼뚤한 것이 길맹임에 틀림없다.
희망은 새것인데 길이 헌것이다.

길눈이 밝으면 어떻고
어두우면 어떠랴.
끊기지 않은 수많은 길들이
이렇듯 내 앞에 끝없이 펼쳐져 있는데.
헌것도 새것도 모두 내 것이다.

김 청(조규봉)

동아보건대학교 마술학과 초빙교수
대한민국 최고기록 인증서, 기네스 등재(아리랑 변검, 가스불 마술)
한국마술학회(KMLA) 2대 회장
국제마술협회(IMS) 정회원
(재단법인) 세계 평화 나눔재단 홍보대사
(사단법인) 대한축구협회 곰두리 사랑회 홍보대사
(사단법인) 좋은 이웃 홍보대사
(사단법인) 소망 패밀리 이사
고어헤드 선교회 홍보대사
방송출연, CF, 영화, 오페라, 뮤지컬, 뮤직비디오
SBS: 스타킹, 진실게임, 드라마 매직, 호기심 천국, 이경규쇼
KBS: 아침마당, 무한지대, 생방송 세상의 아침, 부부 본색
MBC: 무한도전, 임성훈입니다, 신 얼씨구 학당, 생생도라전
A채널: 스토리텔링 매직쇼
i TV: 파랑새는 있다(휴먼 다큐), 진기명기 최강대결
영화: 좋은놈 나쁜놈 이상한놈, 불후의 명작, 쇼쇼쇼
CF: 과기부, KBS 대선 변검(선관위), 미스터 피자
오페라: 리골렛토, 살로메, 사랑의 묘약
뮤지컬: 퀸 에스터
뮤직비디오: 그룹 넬, 김종서의 추락천사
모델: 은희주 옴므 신사복 모델
마술공연
하와이 한인 문화회관, 베트남 하노이 NCC, 일본 오사카, 예술의 전당, 미얀마, 세종 문화회관, 국회, 서울시장공관, 공군사관학교, 3사관학교, 국립극장, 주일대사관저, 주 불대사관저, 청주시민회관, 하동 문화예술회관, 홀트학교, 롯데백화점, 드림랜드

세상에서 가장 행복한

– 김 청

샐러리맨에서 댄서로
댄서에서 다시
마술사로의 변신

요정이 마법을 부리듯
운명처럼 마술의 세계로
나를 이끈 건

어둠 속에서도 유독
환하게 빛나는
아이들의 순수한 눈망울

무대 위의
내 손짓 몸짓 하나에
까르르 터지는 웃음과 환호

잠시나마
헐벗고 지친 마음에
희망과 용기를 주고

삶에 활력소가 되는
감동과 사랑의 메시지를
전할 수 있다면

나는 이미
세상에서 가장 행복한
마술사

아리랑 변검

― 김 청

손을 대지 않고
순식간에 휙휙
하회탈에서 병산탈로
바꾸어 쓰네

내가 쓴 것은
탈이되
탈이 아니로세

속을 감추려고
거짓을 꾸민 것이
아니요

내가 바꾼 것은
얼굴이되
얼굴이 아니로세

얼굴을 감추려고
달리 변장한 것이
아니요

그저 우리네 삶에서
슬픔이 기쁨으로
절망이 희망으로
부정이 긍정으로
변검(變瞼)하기를
소망한 것이라네

마술 같은 삶

- 김 청

처음에는
궁금증만 자아내다가
어느 순간 풀리기 시작하면
객석의 환호성이 터지는 마술처럼

사람의 삶도
때론 풀리지 않다가
어느 순간 풀리기 시작하면
그제야 인생의 묘미를 맛볼 수 있다

고난 앞에서 포기하지 않고
실패 앞에서 무릎 꿇지 않는
인내와 끈기 그리고
두둑한 배포와 뚝심만 있으면

우리 모두
마술 같은 삶을 살면서
삶 같은 마술을 연출하는
최고의 마술사가 될 수 있다

심은석

시인
국보문학·현대시선 신인상 등단
행정학 박사
청람문학상·청도문학상 등 수상

시집
『햇살 같은 경찰의 꿈』
『사람의 향기를 그리며』
『내마음의 동행』 등 다수

울 엄니

- 심은석

밤새워 만든 꼬마연이
산 넘어 세상 꿈을 싣고
넓은 산과 들에 걸려있네

빙글 빙글 날아올라
흰 구름 쳐다보다가
어구구 떨어져 빙그르 채이네

그날,
먼 동네에서
천렵 온 꼬마들은
논배미 얼음 위에 파란 하늘 싣고
자치기 뺑이놀이 빙글 거렸네

구름에 해 가려
썰매는 갈라진 물 둠벙에 빠지고
얼어버린 양말일랑 매운 모닥불에
군고구마와 뒤범벅이며
호호 깔깔 거렸네

이십 리 읍내길 오일장에
방 한 칸 잠든 내 머리를 가로질러
길 떠나신 울 엄니
눈깔사탕, 뻥튀기, 검은 고무신 사 오시것네

이제나 저어기
엄니 하얀 망동 저고리 보일라
남색치마 너울대며 재 넘으실 때
아이들 재잘거림이
저기다, 달음질 되었네

이젠,
흩어진 어린 날은
빛바랜 수채화로 남고
날마다 꿈속에서
꾸부러진 울 엄니 허연 베적삼이
장바구니 봇짐에 나풀 거리네

하얀 달님, 누런 별님이 수놓아
검지 못해 하얀 밤에는
딱 한 번이라도 사무치는 울 엄니
시퍼런 꿈속에서만 보채네

거기 산이 있다

- 심은석

산이 외로워
가끔 눈물 흘릴 때면
골짜기 가득한 눈물방울 모여
세찬 폭포로 흐르니
거기 산이 있다

아침 햇살이
길게 자리핀 산등성이
속살에 고루 퍼지면
산새들 노래 소리 울려 퍼지니
거기 산이 있다

산속의 숲 잔치
숲속의 꽃 잔치
봄, 여름, 가을, 겨울
천상의 식탁에는
날마다 잔칫상 이니
거기 산이 있다.

근원도 없이 불어온 바람처럼
산사람들 외침이 거친 메아리 되어
푸른 숲이 흔들리고
들꽃의 향기에
산이 춤추는데
거기 산이 있다.

산 그림자 내려오면
사람도 떠나고
나뭇잎은 고개 숙이고
꽃잎도 스러지면 온 숲이 잠드니
거기 산이 있다.

별이 새겨진 하늘에는
달이 누웠는데
내일 오실 손님을 기다리는
아침밥상 만드는
산짐승의 울음소리가 밤새 가득하니
거기 산이 있다.

장에 간 엄니

– 심은석

엄니는 내일 장에 가신다

며칠, 계란 한 줄 맹글러 닭장을 들락거려
지난가을 버무린 참깨, 고춧가루
한 보따리 짊어 지셨다.
새벽에 쪄놓은
감자 한 소쿠리, 숭늉 한 사발
내 잠든 머리 위에 붓고
이십 리 오일장 떠나셨다.

할아버지 맨든
썰매짝 둘러메고
뒷집 길동이 뒤따르며
어스름 석양에나 돌아오실
종일 얼음판에 누워
동네 어귀를 보았다

어디쯤 계실까?
이제는 털신 사달라고 조르지 말아야지
오늘도 그날처럼
실눈으로 돌아 새벽 잠에 뒤채면
엄니의 흰 저고리가
하얗게 덮인다.

엄니는 내일 장에서 오신다.

이무천 李茂天

호 舞天 / 南丘

주소: 안양시 만안구 박달2동 한일유앤아이아파트102-1301

이메일: mc8274@hanmail.net

휴대폰: 010-3342-8274

(사)한국문협 이사장 표창

2007좋은문학 시 부문 2012 한국현대시문학 천료

글길문학 동인

독도지키기 대마도되찾기 활동본부장

한국법률일보 이사 및 편집위원

경기환경문제연구소 전문위원

중부재해예방(주) 전문위원

산업안전보건 환경 소방 전문강사

목련

– 南丘 이무천

살포시 연
달밤 여인
가슴골 선연하다.
욕정 묻은 향내
죽어도 좋아
불끈 솟은 사내
엎어진다.

목련꽃 지면
허허로운
달빛도 기운다.

행복

－ 南丘 이무천

첫눈이
온다고
펑펑 내린다고
혹은
달이 밝다고
보름달 같다고
전화 온다면
최고로
행복한 사람이다

행복은 불행해 봐야
느끼는
얄미운 존재
달은 어두운 밤에
빛나고
별은
더욱
어두워야 찬연한 것

지금이 최고의 행복한 순간

첫눈

– 南丘 이무천

눈이 오네
함박눈이
첫눈이란다
눈도 첫눈이 좋고
사랑도 첫사랑 첫 사람이 최고
오늘만은
잊고 지낸 첫 사람 떠올려
크림빵 입맛 할 듯
사랑 입맛 다시자
눈이 펑펑 내려서
백석시인과 나타샤
사랑이야기 듣자
가난한 사랑의
풍성한 마음을 갖자

박우성 시인/화가 아호: 視線

출생
경북 금릉군 출생

학력
단국대학교 치과대학 졸업

경력
『대한문학세계』 신인문학상 수상
시집 『아다마스의 꿈』 출간
현대미술작가: 『미술세계』誌 선정
치과의사, 종합문화예술인으로 활동
대구 수성치과 원장

> ## 하루 5분 긍정훈련
> '혼자 빨리' 아닌, '함께 멀리' 가자.
> 늘 앞을 내다볼 줄 알고 또한 일의 속도를 중히 여기는 사람이
> 되어야 한다.
> 변화의 물결에 신속히 적응할 수 있는 판단과 기민성이 있는
> 사람이 되어야 한다.
>
> 【김승연 회장의 어록】

어떤 날

- 박우성

국밥 한 그릇에 고루한 하루를 넘기려
일과 노동은 노후된 삭신을 다그치고
경적 울리며 삶을 추월하는 뭇 군상들
쾌속의 시간은 상대적으로 느리게 흘러

마음을 울리며 옥이 구르는 친구의 시는
여름에서 가을로 다시 겨울에서 봄으로
흥건하게 감동 적시고 가슴으로 차올라
글자가 빚어내는 절묘한 조각 모으기

세상은 사랑하다 헤어져 소설을 짓고
사랑과 욕정을 오가며 번듯하게 포장했다
애간장 타는 가슴은 하늘에 기도를 할 뿐
너의 눈 속에 내가 살고 있음은 기적이라

띄우지도 못하여 우울한 5막 2장의 봄
뒤돌아볼 틈도 없이 앞다투어 삼켜져
계절은 생경스러운 척 이야기 한 보따리
지우고 버리고 던지고 비우고 물러나

내일의 꿈은 오늘 이루지 못한 허상들
유효기간이 지나면 종지부 찍을 생명이여
오늘따라 신호등은 연거푸 발목을 잡아
너스레만 떨어놓고 어떤 날이라 우기네

계절은 햇것을 탐하여

- 박우성

그리도 요란스럽게
세상을 다 접수하였나

햇살이 가슴에 꽂히던 날
싹은 돋아났으니
계절은 바뀌어도 큰소리치고 나앉아

햇것이라 고매한지
내 것이라 그러한지

묵어서 진국인 사랑은
은하수를 그리며 춤추고

톱니바퀴 맞물린 세월
인연이라 말하네

미술관에서

– 박우성

분주했던 과시의 공간
하루를 접는 사이
가로등 몇 개가 분위기 띄우고

지친 캔버스 벽에 잠들어
거창하게 설치된 조형물은 묵상 중

L 작가는
나무뿌리를 뽑아 생명을 부르짖고
M 작가는
알몸으로 자연과 문명을 토해내는데

어둠은 빛을 거두고 장막을 친다

미술관에서
예술과 노동은 극단적이다
허락되지 않은 첫 느낌!

입술 위의 촉감
두근거리는 색감
코끝에 닿은 벚꽃의 향

시들지 않을 사랑의 행위
저항과 도전이 맞섰다

안춘예

한성대학교 평생교육원에서 공부했음
현대시선 2013년 여름호 시부문 등단
한성대 사회교육원 시창작 수료
개간 현대시선 시부분 신인문학상 대상 수상
제2회 시문학대상 수상
제2회 예술문학대상 수상
제2회 감성테마여행 문학상 수상
제5회 감성베스트상 수상
제4회 시동네문학상 수상
제1회 안정복문학상 장려상 수상
제1회 현대시선문학상 수상

시집   1집 슬하, 2집 소래포구

공저   수래바퀴, 꽃잎편지 외 다수, 감성테마여행 앨범 1~5집 참여

봉사
단체
2009년 ~ 2018년(현) 곰두리 남동지회 사무국장
2012년 ~ 2018년(현) 수와진 운영 이사
2014년 ~ 2018년(현) 안전모니터. 감시원. 보안관.
2015년 ~ 2018년(현) 남동구 홍보서포터즈 단장
2016년 ~ 2018년(현) 재향군인회 여성회 이사
2015년 ~ 2018년(현) 사랑의 짜장차 전국단장

봉사
수상
경력
2008년 표창장 인천시장상
2010년 표창장 봉사부문
2012년 도전한국인상 봉사부문
2016.12.30. 표창장 남동구청장상
2016.12.29. 표창장 인천시장상
2016.12.23. 표창장 국회의원상
2018.07.07. 봉사상 도전한국인상
2018.12.10. 봉사 동장 인천시장
2018.12.22. 표창장 국회의원상

어느 봄날의 독백

- 초향 안춘예

계절이 주는 신선함 속에
내가 뿜어내는 힘겨운 향기는
혼탁하기만 하다

꽃소식은 자꾸 자꾸 올라오는데
기분 좋은 마음이어야 하는데
한심스러운 생각이
자꾸 시선 끝에 매달려 있다

모든 일이 그러하듯
마음만 청춘이고
내가 바라보는 풍경 속에서
나는 자꾸 겹치어 흔들린다

바람은 미풍으로 불어 꽃향기로 찾아오는데
나른한 한나절 햇살 무거운 짐을 등에 지고
느슨한 틈을 파고들어 마음 후벼 판다

두툼한 겨울옷처럼 무거운 봄.

이택재

– 초향 안춘예

침묵의 요소들이 촘촘히 어둠을 밝힌다
안중의 소리는 잠든 고요를 깨트리고
가슴 언저리마다 꾹꾹 눌러 참았던 소리
아슴아슴 걸린 시간은 어쩔 수 없는
긴 여정을 토해낸다

가슴 끝 낭떠러지에 흘러내리는
알 수 없는 비밀 얼마나 토해내야 할까
책갈피에 젖은 내면의 달빛 태우던 나날
노을을 끌고 여러 날 텃골을 배웅했다

물기 말라가는 한 그루의 나무뿌리가
습관의 힘으로 호흡을 하는 동안
마른 가지에 일어섰을 봄의 기운은
동행의 지혜로 길을 나선다

이택재 앞마당에 발자국들 질척거리고
과거의 햇빛이 오고 가는 동안
문장이 메마른 땅 이곳에 또다시 찾아들어
풍경을 그려내고 있다

여자의 외출

- 초향 안춘예

살랑살랑 불어오는 바람은
깊어가는 계절의 향수를 느끼게 하고
파란 하늘은 내 눈에서 한뼘 한뼘 멀어지고
구름이 두둥실 짐을 꾸려 긴 여행 떠난다
바다향이 내려앉은 곳에
세 여인이 가을을 펼쳐 앉으니
시간의 관절이 펴지고
흐드러지게 핀 백일홍에 날아드는
벌과 호랑나비가 눈을 즐겁게 한다

바람결에 코스모스 춤사위가 시작되면
고추잠자리 가을빛과 함께
꽃잎 사이로 숨바꼭질하고
따스한 햇볕 간지러움에
꽃들이 피며 계절을 꽃피운다

구름 속에 숨어 술래놀이하는 밤
풀벌레들의 합창 소리
스르륵 스르륵 찌르르 찌르르 연주를 한다
추억은 마음 깊숙이 자리 잡고 앉아
달빛으로 그리움을 불러온다.

정형근

학력

영월공업고
상지대학교

수상경력

인천광역시장 표창장
육군 7사단장 표창장
한국전력사장 표창장
산업자원부장관 표창장

저서

봉래초 화보집 〉축시 인생길동무 외 12편
수필집: 명사십리 해변의 추억
재경영월공고 동문지
내고향 영월 외 3편

동강할미꽃

— 高韻 정형근

따스한 햇살이
동강의 훈풍을 타고
바위산 가파른 절벽
얇은 허리를 휘감아 품는다

겨우내
강바람이 매섭지도 않은 듯
살아온 혹독한 삶이 애잔하다
양지쪽 벼랑 끝자락
햇살 아래 빼꼼히 고개 밀고

날 보란 듯이
붉으락 하얀색 자주색 보랏빛
꽃망울이 봄볕에 웃는다

다시 한번 보아도
고운 자태 은은한 향기
포기마다 아름답게 피었구나
누가 그대를
할미꽃이라 부르던가
고통 없이 피는 꽃이 어디 있으랴

애처로워 가슴이 시리다
아마도 난
영원히 널 잊지 못할 것 같아.

삶의 여정

— 高韻 정형근

일상을 반복하는 시간 속에
켜켜이 쌓인 빛바랜 기억들이
비어버린 마음속을 찾아와
고단함에 울음을 터트립니다

스쳐 간 세월의 처절한 몸부림
버리지 못한 속절없는 멍울들
세월 속에 흩어진 그리움 그 후
이젠 잊어야지 일어서야 할 시간

가슴 시려오는 슬픈 기억들이
흩어진 조각을 하나로 끌어안고
내 마음에 너를 묻을 수 있다면
아픔도 사랑 속에 꽃을 피우려니

길 나서면 오라는 곳은 없어도
어디론가 한없이 떠나고 싶은 마음
쓸쓸한 창밖으로 부르는 얼굴들이
마음속 이정표 앞에서 서성입니다.

12월 한장 그리움 그 후

- 高韻 정형근

봄의 설레임이
따스함을 불러와
살며시
마음에 창을 두드리니

여름날의 추억이
파도를 타며 내게로 와
마음을 열어
장미꽃 한 송이를 피운다

가을의 낭만이
고운빛 향기로
사랑 속에 가두어 놓고

떠나려하는 마음이
아쉬움을 품으며
가슴 시린 이별의 순간

눈이 온다
하얀 마음이 부르는 노래
아름다운 환상에 취하여
꿈을 꾸고 있다

12월 첫째날
우연 속 인연의 만남은
변치 않는 그리움
민들레 홀씨가 되어
영원한 사랑을 피우리라.

허성윤 동방인쇄공사 대표

학력

한양대학교 경영학과(학사과정) 25기
숭실대학교 중소기업대학원 수료
숭실대학교 정보전략과정 수료
세종대 경영대학원 AGMP 수료
건국대 행정대학원 지도자과정 수료
국가공인1호 경제시험 테샛 2급 취득
행정관리사 2급 자격취득

서울대학교 제9기 문헌지식정보 최고위과정 원우회 명예회장 위촉
국가유공자[21-10035475]
세계경영연구원 IGMP 수료(1년)(전성철 원장)
문화경영연구원(EBP)과정 수료
서울 상공회의소 성동구 상공회 제2기 CEO아카데미과정 수료
CEO글로벌리더십아카데미 3기 수료(중소기업진흥공단 이사장 임채운)
서울대학교 웰에이징.시니어산업 최고위과정 이수
서울대학교 제9기 문헌지식정보 최고위과정(ABKI) 이수

수상

한국연극협회 감사패
대한출판문화협회 공로패 표창
중소기업중앙회장 표창
문화체육부장관상 표창
서울시인쇄공업협동조합 공로패 수상
한국잡지협회 공로패 수상
산업자원부장관 표창
제2회 서울인쇄대상 서울시장 표창
제3회 서울인쇄대상 서울시장 표창
제12회 서울인쇄대상 서울시장 표창
제13회 서울인쇄대상 서울시장 표창
제1회 한국생활연극대상 공헌상 수상
제53회 납세자의 날 모범납세자상 수상
서울시 성동구 상공회 공로표창상 수상
도전한국인운동본부 국회 교육위원회 위원장상 수상

약속을 지키는 기업

– 허성윤

50여 년의 다양한 경험과
독특한 디자인 철학

신뢰할 수 있는 기술력과
최첨단의 인쇄 시스템으로

가장 합리적인
원스톱 토털서비스를 제공하는
21세기 디지털 시대의 뉴 파트너

지금까지 그래왔듯 앞으로도 쭉
고객을 만족시키고

살아 있는 인쇄물로
기업과 제품의 가치를 향상시키며

고객을 최우선으로
고객을 위한
고객과 함께하는

약속을 지키는 기업
동방인쇄공사가 되겠습니다

인쇄와 연극이 만나다

— 허성윤

월남전에 참전하여
죽을 고비를 넘기고
돌아와 시작한 인쇄업

우연이 필연이 되어
제작하게 된
연극협회 인쇄물

연극과 함께한 세월은
연극계를 주름잡던
수많은 배우들과 함께

소중한 추억이 되어
40년 전 낡은 잡지에
아로새겨져 있네

열악한 상황 속에서도
인연을 소중히 여겨
끈질기게 매달렸더니

그것이 나를 단련시키고
회사를 키우는
근간이 되었다네

사람이 미래다

- 허성윤

작은 전투에서
승리에 집착하다 보면

정작 이겨야 할 전쟁에서
패하는 경우가 많다

우리들 삶도
이와 같다

개인의 힘으로만 성공하는 건
작은 전투에서 승리하는 것이고

존경과 신뢰로 다져진 사람들과
힘을 합쳐 성공하는 것은

더 큰 전쟁에서
승리하는 것과 같기 때문이다

위대한 일은 결코 혼자 힘으로 이룰 수 없다
사람이 미래인 이유다

누구나 시인이 될 수 있습니다

당신은 꽃보다
아름답습니다

당신이 주인공입니다

09
Chapter

배명직

현 기양금속공업(주) 대표이사
현 비엠제이 대표이사
　　명일금속 사장
　　삼우금속 근무

학력

삼천초등학교 졸업
감천중학교 졸업
영주공업고등학교 화공과 졸업
재능대학 표면처리과 졸업
한국산업기술대학교 신소재공학과 졸업
한국산업기술대학교 대학원 신소재공학과 졸업

경력

한국예술문화명인협회 초대 이사장
대한민국명장(표면처리)
대한민국기능한국인 8호 업계1호
금속공예(금속표면처리부문) 명인
대한민국산업현장교수 업계1호
국가기술자격 심의위원
경기과기대 청정환경시스템과 겸임교수
경기융합교류회 감사
한국전통공예협의회 부회장
기능한국인 이사
한국도금공업협동조합 부이사장(환경대책위 위원장)
전국기능경기대회 심사위원
명품창출포럼 100인선정 간사
안산이업종교류회 회장 역임
한국산업기술대학교가족회사 신소재분과회장 역임
반월시화 도금협회회장 역임
청정도금클러스터 회장 역임
안산이업종교류회 회장 역임
(사) 도전한국인 운용협회 경기도 회장
(사) 서부경영인협의회 부회장
(사) 스마트허브경영인협회 부회장
호산대학교 석좌교수

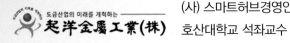

미래를 바꾸는 힘

– 배명직

세찬 풍랑에도 흔들리지 않는
뚝심과 기술개발로
20여 년 오로지 한 길

어제의 지난한 시련을 극복하고
오늘에 단단한 뿌리를 내려
내일의 눈부신 미래를 향해

도전 더하기 성장은
상생이라는 일념으로
뿌리산업의 토대를 일구어

도금산업의 미래를 개척해 나가는
기술산업의 선봉장
기양금속공업(주)

환경을 생각한 기술 선진화로
녹슬지 않는 황금 칼을 탄생시키고
도금산업 발전의 사명감까지 담아낸

골드마이스터(goldmeister)와 함께
칼을 벼리듯 기술을 벼려
세계의 중심으로 나아가

미래를 바꾸는 힘,
기술강국(强國) 대한민국의
자부심을 드높이리라

도전 또 도전

- 배명직

꿈을 가진 한
아무것도 무서울 것이 없다네

경북 예천 가난한 농사꾼의 아들로 태어나
방황과 굴곡의 세월을 거쳐
대한민국 표면처리 분야의 명장으로 거듭나기까지

비바람에 휩쓸려 길을 잃어도
나를 앞으로 앞으로 이끈 것은
절대로 포기하지 않는 도전정신이었다네

악으로 깡으로 버티며
최고의 경지 '꾼'이 되기 위해
우직하게 한 길로만 달려온 기술 인생

그 길에서
도전은 나를 지탱하는 뼈가 되었고
꿈은 나를 일으켜 세우는 살이 되었네

꿈은 노력을 가능케 하고
노력은 꿈을 가능케 하니
자신을 믿고 나아가면 꿈은 어느새 현실이 되나니

도전을 계속하는 한
아무것도 잃을 것이 없다네

기술은 나의 자부심

— 배명직

희망을 얻는 것도
희망을 잃는 것도
오직 자신에게 달려 있습니다

헤아릴 수 없는
땀과 눈물을 흘리지 않았다면
희망에 대해 말하지 마십시오

돈이나 백이 없어도
스스로를 빛나게 할
자신만의 기술을 갈고 닦아 왔다면

당신은 충분히
인생에 자부심을 가질
자격이 있습니다

기술은 평생 자신의 것
갈고 닦으면 닦을수록
숙련도가 높아지는 것처럼

뿌리산업의 중심인
기술인이 존경받는 사회,
우리가 꿈꾸는 희망찬 내일입니다

주삼차

학력
제주대학교 법학박사 수료

경력
주식회사 상진개발 대표이사
농업회사법인 주식회사 삼다

> **하루 5분 긍정훈련**
> 남이 미처 안 하는 것을 선택하라.
> 기업은 사람이 사람을 위해서 하는 활동이다.
> 한번 믿으면 모든 일을 맡겨라.
> 책임을 지면 사람은 최선을 다하도록 되어 있다.
> 【구인회 회장의 어록】

내 손녀 웃음꽃이
최고로 이쁘더라

- 주삼차

봄에는 진달래꽃이 이쁘고

여름에는 아카시아꽃이 이쁘고

가을에는 코스모스꽃이 이쁘고

겨울에는 소나무 가지에 싸인 눈꽃이 아름답다.

그러나
이 할아버지는 내 손녀 아현이 웃음꽃이 최고로 이쁘더라.

꿈은 아름다움으로 표현되다

- 주삼차

주방장님의 아름다움은 음식의 맛깔스러움에 있고.

사장님의 아름다움은 영업이익 창출에 있고,

샐러리맨의 아름다움은 직급 승진에 있고.

시험준비생의 아름다움은 합격을 하는 것이다.

그렇다!
아름다움을 얻으려면, 누구보다 더 피나는 노력이 있으므로
해서 얻어지는 꿈의 실현이다.

요행을 바라지 말라, 꿈은 노력하는 자만이 얻을 수 있는 아
름다움인 것이다.

간직하고 싶은 동영상

- 주삼차

꽃길을 걷고 있다.
행복하다.
언젠가 이때를 다시 보고싶다.
누군가에게 자랑하고 싶다.

첫 만남은 꽃길에서 이루어졌다.
행복했다.
두고 두고 그 설렘을 간직하고 싶었다.
어느 땐가 자식들에게 보여주고 싶었다

내 아내와의 첫 만남을.....

허남국 淸綠堂

학력 서울대학교부설 방송통신대학 농학과 수료

경력 농림부 농산물검사소 근무
농산물품질관리원 영주. 철원. 홍천소장
강원지원 통계과장, 유통과장
긍정에너지 연구소장
청일문학/시인 등단 (2018)
월간『수필문학』/수필 등단 (2019)
수필문학 추천작가
춘주수필 이사
카톨릭문우회 회원
강원문인협회 회원

수상 녹조근정훈장
모범공무원 표창(국무총리)
장관표창 5회
행복한 동행상(강원도장애인복지관장)
소양강문화제 한글백일장 은상
청일문학 신인문학상

저서 『사랑과 긍정에너지』(도서출판 행복에너지)

출렁다리

– 청록당 허남국

출렁 출렁 출렁다리

바람에 흔들리고
사랑에 흔들리고
욕망에 흔들리고

이리저리 갈지자
흔들흔들 천방지축
허공 맴도는 발걸음

마음 비우고
몸 가다듬으며
똑바로 가려 안간힘

출렁다리 닮은 인생
중심 단단히 붙잡고
똑바로 힘차게

앞으로 앞으로

첫눈

– 청록당 허남국

첫눈이 펄 펄 펄
눈 사이로 환한 얼굴 하나
눈꽃 가마 타고 반가운 미소

하얀 눈밭 달려올 것 같아
대문 열고 달려 나가
가슴으로 끌어안으니

눈 속 피어오르던
하얀 꽃처럼
햇살 쫓아 하늘로 훨훨

아름다운 동행 추억
그리움 더해지는
내 사랑 내 님

첫눈 내리는 날이면
단 한 번만이라도
두 손 꼭 잡고픈 내 마음

생애 첫 날처럼

— 청록당 허남국

선물로 받은 감사의 새날
날마다 서툴고 실수투성이

힘든 고통 닥쳐도
짜증내지 말고

절망을 희망으로
부정을 긍정으로

처음 살아보는
생애 첫 날처럼

순간순간 즐겁게
안 돼도 될 것처럼

사랑과 열정으로
최선 다하는 하루

이 어찌 아니 감사하랴
마음에 이미 와 있는 행복

전경국

www.miyoung.co.kr

경력

現) 주식회사 미영 대표이사

일자리 창출 우수기업 인증

안양대학교 자문위원 위촉

안양대학교 산학협력 MOU체결

서울융합교류회 표창장 수여

여성친화 일촌기업 협약

전 한국자유총연맹(안양시지부 청년회 부회장)

한국자유총연맹 총재 표창장

길바로

담을 끼고 걷는다.
각기 다른 이들의 수천 만 개 발자국 위에
내 발자국을 보태니
모르는 이들의 다양한 표정과 몸짓이
옆을 스쳐간다.

햇살이 얌전히 내려앉은 오후
내 소중한 이들과 일상을 그려간다.
한 걸음 물러서니
그동안 놓친 것들을 발견하게 된다.

나뭇잎 사이로 길이 난 하늘을 걷는다.
헤매기도 하고, 멈춰 있기도 하고
앞만 보며 무조건 내달리기도 했던 길들이
일제히 아우성 친다.

길바로 왔고, 길바로 가고 있는건가.
걸음을 멈추지 않는 한
어떤 길이든 반드시 끝나게 돼 있으니
매 갈림길마다 신중히 선택하고
선택했다면 최선을 다해 가는 수밖에

나의 그릇

- 전경국

사람마다 얼굴이 다르듯
그릇에도 제각각의 얼굴이 있다
물을 담으면 물잔으로
밥을 담으면 밥그릇으로
화장품을 담으면 화장품 용기로

그릇은 사람의 인생과도 꼭 닮아 있다
저마다 겉모습은 달라도
담겨진 내용물에 따라
요긴한 그릇이 되기도 하고
쓸모 없는 그릇이 되기도 한다.

좋은 그릇 하나를 만들기 위해
모든 정성과 노력을 다하는 도공과 같이
매 순간순간 최선을 다하는 삶으로
인생의 그릇을 채워 부끄럽지 않은
좋은 그릇이 되기를.

작지만 아름다운

- 전경국

작지만 단단하고
작지만 강하며
작지만 아름다운

즉시, 반드시, 될 때까지 해내고
확고한 신의를 주고 또 받으며
작은 일도 크게 감사하고
간단한 일도
프로의 마음으로 임하며

작지만 단단하고
작지만 강하며
작지만 아름다운

인생의 초석이 된다

이용득

학력
성균관대학교 경영학과 졸업
덕수고등학교 졸업(전 덕수상고)

경력
現) 제20대 국회의원(환경노동위원회)
現) 더불어민주당 상임고문
前) 더불어민주당 전국노동위원회 위원장
前) 더불어민주당 최고위원
前) 한국노동조합총연맹 위원장(20, 21, 23대)
前) FTA국내대책위원회 민간위원
前) 전국금융산업노조위원장
前) 한국상업은행 노동조합위원장
前) 노사정위원회 상무위원
前) 중앙노동위원회 심판위원
前) 저출산고령화대책연석회의 공동의장
前) 경제사회발전노사정위원회 노동자대표
前) 청년실업대책특별위원회 위원

수상 및 저서
2001 '전태일노동상' 수상(전태일재단)
2014 '공포로부터의 자유상' 수상(UNI global union)
2014 『노동은 밥이다』 출간

주요활동 및 업적
1985 한국사회 최초의 여성육아휴직제 도입
2002 한국사회 최초의 주5일근무제 도입

들꽃

— 이용득

어디에 핀들
태생을 묻지 않으리
진자리 마른자리
탓하지 않으니 너를 사랑한다.

시든 잎을 떠나보내고도
넉넉한 들판을 채우고도 남으니
키 작다고
흉보는 이 없는 너를 사랑한다.

이름을 몰라도
보는 이 없어도
때 되면 피었다가 지는
너를 사랑한다.

바람에 흔들리면서도
어여 가라며 손짓하는 너를
엄동설한에 보내고 나서야
더욱 그리워한다.

2018년 9월 첫날 아침에

– 이용득

올 여름 무더위 때는
계절의 시계가 고장 나서
9월이 늦게 올 줄 알았습니다

오늘아침 일어나 보니
9월이 곁에 와 있네요
아직 긴 팔 옷도
준비하지 아니하였는데 말입니다

그리워하던 사람이
기별도 없이 갑자기 찾아오듯이
계절도 그러한가 봅니다

지난 밤
열어놓은 창문 사이로
힘겨워 울던 매미 소리가
가을이 온다는 소리였나 봅니다

9월의 첫날부터
가을이 그리워
먼 산에 서툰 솜씨로 미리
빨갛고 노오란 물감 옷을 입혀봅니다

비 오는 봄날에

- 이용득

비 오는 가로수 길을
벚꽃 발자국을 따라
나도 따라 걷는다.

꽃길이 아니면 어떠랴마는
네가 가고 나서야
서운함이 가득하다는 것
그리고
꽃이 진다는 것을 기억하는 어리석음을

기약도 없이 헤어지지만
때 되면 어김없이 돌아오는
너를 닮고 싶어
오늘은 너를 따라
유난히 오래도록 걷는다.

이영숙

학력
한국방송통신대. 국어국문학과(재학중)

경력
(사)한국장애인부모회 인천시지부 장애돌보미, 활동도우미

수상
2015 우수돌보미상(보건복지부장관상)
2018 청일문학. 신인문학상(시부분) 당선

하루 5분 긍정훈련
업의 개념을 알아라.
사람은 온전히 믿고 맡겨라.
정상에 올랐을 때 변신하라.
행하는 자 이루고 가는 자 닿는다.

【이병철 회장의 어록】

새해

— 이영숙

새벽을 힘차게 깨우며 바다 위로
고개 드는 태양 새 아침 문후 올리고

저녁노을빛이 바다를 적시면
모두 황홀함에 같이 바닷속으로.....풍덩

밤하늘 반짝이는 영롱한 별과
달님도 나를 친구처럼 같이 놀자 하고

하늘을 수정처럼 아름답게 수놓는
별처럼 우리에게 반짝이는 꿈을 전할 때

일어나 새해 앞에 한 발 한 발 걸어가
생명으로 우리 손잡고 이기며 살아 보세.

노을과 빛

- 이영숙

저녁노을 지고 어둠이 밀려오면
거리는 오색찬란하게 빛을 밝힌다

태양처럼 화끈하고 달처럼 도도하게
어둠이 더 견디지 못해 저 멀리 쫓겨 가고

낮인지 밤인지 빛으로 정복되어
흥청거리는 거리에서 젊음은 피어나고

각자의 독특한 시선들이 서로를 자랑하고
뽐내며 많은 사람들을 빛으로 유혹한다

바다와 하늘도 노을 속에 깊이 물들어 갈 때
우리의 심장과 마음 붉은빛 안에 녹아든다.

추억으로 귀향

– 이영숙

내 마음의 고향으로 언제나
돌아가고 싶은 작은 소망 있다고

어린 시절 벌거벗고 물장구치며
개헤엄치던 시냇가로 풍덩 뛰어들고 파

키도 작은 것이 어찌나 나무도
다람쥐처럼 잘 올라갔었고

버섯도 따고 작은 산 열매 따먹고
솔골 뭉쳐 머리에 이고 삭정이 한 짐 지고

친구들과 산에서 보리수 따다
벌집 건드려 울며불며 집으로 도망친 일

추억 한 자락 들쳐보니 올라오는 기억 반가워
웃음으로 내 마음 벌써 고향으로 철든 귀향

김석호

한국교원대학교 대학원 졸업
서울문화예술대학교 졸업

한국교단문학상
인간과문학인상
아동문학세상문학상 수상

한국시인협회, 한국가톨릭문인회, 한국문인협회 회원
한국아동문학연구회 기획위원,
여행작가 편집위원
Good Leader Academy 고문(강원 원주권)

시집: 『바람꽃 피는 초원, 나무새의 날개』
동시집: 『엄마가 제일 예뻐야 해』
E-mail: 2005shk@hammail.net

침묵의 지층

– 김석호

산속에는
저절로 태어나서
저절로 살다가
저절로 죽는 것들이 많다

산속에는
이름 없이 생겨나서
이름 없이 머물다가
이름 없이 사라지는 것들이 많다

그리하여 늦가을 산속에는
숱한 사연 쌓인 낙엽길 지천인데
모든 것 잊혀지고 사그라지는 무덤 속에서
쥐죽은 듯 눈뜨고 귀 기울일수록
낙엽 길 온데간데없고
득실거리는 허상 속에 헛것으로
놀아난 눈먼 자 앞에
어딘가에서 난데없이 슬그머니 나타나
잠시 보이다가 또다시 어디론가
영영 사라지는 보이지 않는 바람의 세상이
또 한 줄 침묵의 비밀 역사를 쓴다

꽃밥

– 김석호

마음 깊이 응어리진 아득한 고향은 어디서 살든 낯선 이방인
나의 숨결 찬바람 설원에서 맨발로 걷는 떠돌이 별이 된다

그저 밋밋한 허허로운 일상이 오늘따라 간절한 심기가 유난히 요동쳐서
기어이 그 봄날 진달래 꽃잎 한 잎 또 한 잎 따서 한 숟갈 또 한 숟갈
꽃밥을 먹으며 목이 메었다

배고픔에 진달래꽃 허겁지겁 입속에 꾸역꾸역 넣다가
피고름 진동하는 문둥이 귀신처럼 나타나 가슴 콱 막힌 채
줄행랑치던 성황당 그 산골짝
푹 썩은 감자 삶아서 억지로 삼키던
지겹도록 장맛비 쏟아지던 그 여름날

생과부로 고생만 하다 먼 세상 가신 어머니
지금 어디쯤 머무는지 알길 없이 아무리 배불리 기름지게 먹으며
환상의 날개옷 입고 춤을 출수록 더욱 더 허기지고 막막한 유랑
다시 또 찾아간들 온데간데없는 그 고향아

그 봄날 그 문둥이 그 여름날 그 부엉이 우는 겨울달밤
하얗게 깊어만 갈 뿐……

저녁노을

– 김석호

찌쁘득한 일상의 또 불안하고 다급한
앰뷸런스 싸이렌 경고음
하루 종일 지친 맨발의 발걸음 하얀 여인이
간절히 기도하는 모나리자가 되었다

하루를 깨우는 새벽 짙은 안개속
강추위 수산시장 활활 타는 모닥불의 저녁 곁으로
모두 이끌려서 함께 기도한다

고통 받는 아픈 영혼 낫게 하소서
부디 편안한 안식을 주소서

오! 한없이 신비스런
모나리자의 고요한 빛이여

지달근

1935년 충북 증평군 출생

학력
청주사범학교 졸업

경력
서울 동산초등학교 교장 역임
1999년 정년 퇴임

수상
대한민국 훈장 동백장 수훈
한울 문학에서 시 부문 등단
어띠 문학에서 수필 부문 등단

저서
『제3의 인생』(시집)

마지막 잎새

- 지달근

앙상한 나뭇가지에
동구마니 매달린 잎새 하나

고독의 심연(深淵)에 흐느끼며
조락(凋落)의 운명 앞에
떨고 있는 모습이 가련하여라

춘풍추우(春風秋雨) 함께했던 혈연(血緣)들
차가운 대지 위에 저리 뒤둥그는데
어찌 섧지 아니하리.

생자필멸(生者必滅)!
자연의 순리라 하지만
너무 가혹한 계율이 아니련가

애처로워라
스쳐가는 미풍(微風)에도 힘들어하고
쇠진해져 가는 빛바랜 모습이…

하지만 어쩌랴
지난날 고운 추억 가슴에 안고
자연의 순리에 따를 수밖에…

무정한 세월은
머뭇거림도 없이
오늘도 노을빛 재를 넘는구나!

무명초無名草

- 지달근

척박한 땅에 태어나
천박하게 살아가는
이름 없는 무명초랍니다

향기도 없고
애교도 없고
볼품도 없지만
그래도 가슴만은 새하얗답니다.

아무리 외롭고 반기는 이 없어도
위선(僞善)의 향과 웃음 팔아
탐욕의 배 채우며 살아가진 않으렵니다.

바라보는 이 없으면 어떠랴
무명초로 살아가면 어떠랴

청초한 아침이슬
욕심 없는 흰 구름
순박한 풀벌레들과 함께

이렇게
한세상 살다 가렵니다.

꾸밈없이
욕심 없이
하얀 마음으로…….

〈詩作노트〉

예로부터 탐욕과 불의가 난무하는 어지러운 세상을 한탄하며 세상을 등지고 초야
에 묻혀 자연과 더불어 욕심 없이 한세상 살다 간 인생 무명초도 많지 않았던가!
산자락 한 모퉁이에서 살아가는 이름 없는 풀잎을 바라보는 순간 그들이 어린 거
리며 스쳐간다.

옥계수玉溪水

– 지달근

실안개 휘어감은 심산유곡(深山幽谷)
도란도란 옥계수 소리에
촉촉이 젖어든다

옥같이 맑다 하여
옥계수라 했던가.

하얀 포말로 이루어 낸
자정(自淨)의 옥수
오염된 가슴으로 바라보기도 부끄러워라

사람들은 높은 곳에 오르려 하는데
너희들은 낮게 낮게
내려만 가는구나!

몸도 마음도 낮추려 함은
현자(賢者)들의 겸손이 아니던가.

산새들도 솔바람도
너의 그 높은 뜻
가슴에 지니리.

이완섭

1958년 충남 서산 해미에서 태어나 언암초, 해미중을 거쳐 공주고등학교를 졸업했다. 이후 2년 9개월 군복무를 육군병장으로 제대한 후, 4개월 만에 총무처시행 국가 7급 행정직 시험에 합격하여 1982년부터 공무원의 길을 걸었다. 공직에 있는 동안에는 주로 행정안전부(총무처, 행정자치부)에서 인사, 조직, 상훈 등 주요 업무를 맡아 일했으며, 직장 내에서 베스트공무원으로 선정되기도 하였다. 주경야독으로 연세대 행정대학원과 숭실대 대학원에서 각각 행정학석사와 공학박사를 취득했으며, 고향 서산의 부시장을 거쳐 제8대와 제9대 서산시장으로 취임 이후, 서산을 전국에서도 급부상하는 도시로 만들었다. 특히 취임 전 한때 700억 원에 달했던 빚을 갚아 2017년 9월 지방채 제로화를 달성하였고, 고속도로, 국제여객선, 항공, 철도 등 4대교통망을 모두 국가계획에 반영시키며, 서산을 사통팔달 산업도시로 변모시키는 초석을 다졌다.

2012, 2014 도전한국인상(도전한국인운동본부)
2013 행정대상(전국지역신문협회)
2014 올해의 지방자치 CEO(한국공공자치연구원)
2015 매니페스토 약속대상 최우수상(한국매니페스토실천본부)
2015 대한민국 창조경제대상 (대한상공회의소)
2015 대한민국 유권자대상 (유권자시민행동)
2015, 2016 한국의 미래를 빛낼 CEO (전국경제인연합회)
2015 대한민국 SNS산업대상 (SNS산업진흥원)
2016 대한민국 미래경영대상, 한국지방자치경영대상
2016 창조경영인대상, 도전 지방자치단체장 대상
2017 대한민국 소비자대상, 대한민국 글로벌리더대상
2017 대한민국 자치발전대상, 대한민국 CEO리더십 대상
2017 인간경영대상
2018 한빛문학 수필가 등단

단풍

- 이완섭

'자연'이라는 화가는
울긋불긋한 색감을
참 좋아하는가보다.

오색물감은
밤 사이 어디에서 풀었을까?
하늘을 올려다 보니 흔적이 없구나.

불타는 듯한 색깔이
불을 낼까 걱정인데,
이쪽 저쪽에서는 추억담기 바쁘네.

눈썹달 대화

– 이완섭

동이 튼 하늘을 올려다 보니

예쁜 눈썹달이
작별 고하네

밤 하늘 지키며 작아진 몸짓

위로 눈짓에
반색하며 쌩긋

가끔은 하늘을
올려다 보자

바쁜 일상 속 잊고 살았던 그

오늘 반가운 해후를 반기며

이따금 내 얘기 들려 달라네

388 »»

여름이 익는 소리

- 이완섭

실바람 친구가
땀을 식혀주는 산행길

깔딱고개 발걸음이
무뎌질 때는

살며시 다가와
귓볼에 힘내라 속삭이네

기승을 부리는
불볕더위 여름도

기력이 쇠해질 때면
밤송이 많이 커져 있겠지

커지는 매미소리에
기지개를 펴는 가을

산 오를 때 여름이고
산 내릴 때 가을일세

이옥형

학력
강원대학교 행정대학원 관광경영학과 석사

경력
강원대학교 행정대학원 관광경영학과 석사
국회 13 · 14 · 15 · 16대 보좌관
(정세균 의원, 홍영기 의원, 김태식 의원) 국회1급상당 비서실장
강원랜드 건설본부장레저사업본부장
금천구 시설관리공단 이사장
서울시 시설관리공단 이사장협회 회장
전주 동전주cc 사장
서희건설 전무

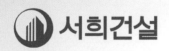

소소한 행복

– 이옥형

나이를 먹는다는 건
한쪽 가슴에는 외로움과 슬픔을
반대쪽 가슴에는 사랑과 행복을
하나둘씩 채워가는 일인지도 모릅니다.

결국은 다 비우고 가야할 것들.
버리지 못해 꽁꽁 싸매 짊어진 채
사는 내내 울고 웃는 거지요.

지금
자신의 자리에서 행복할 수 있다는 건
어렵지만 참 쉬운 일이기도 합니다.
시선을 어디에 두느냐에 따라서 말이지요.
가끔씩 고단함으로 고개 젓지만
구부정한 어깨 위 햇살의 손길
그렇게 고개 끄덕일 수 있는.

소소한 일상에서도
행복은 늘 '반짝'입니다.

찾아봐 디뎌봐 놓아봐

– 이옥형

포기하지 마,
길이 끊겼다고
아예 건널 수 없는 건 아니니까.

잘 봐봐, 너를 위해 준비했어.
잔잔하다가도 파문이 일고
소용돌이치다가도 고요해지는 삶의 개울가에
튼튼한 징검돌 하나 놓았거든.

겁먹을 것 없어,
디디기 편하게 네 보폭에 맞춰 두 번째 돌을 놓고
그 뒤를 이어 쭉~ 세 번째 네 번째 징검돌을 놓았으니
어서 와서 콩콩콩 뛰어 건너봐.

혼자만 떨어져 있다고 느낄 때마다
누군가 놓아준 고마운 징검다리를 생각해.
그 고마움을 잊지 않는다면
너도 누군가를 위해 훌륭한 징검다리를 놓게 될 거야.

끊겼던 마음들에
네가 직접 놓은 새 길이 생긴다는 건,
참 멋진 일이거든.

그걸 늘 기억하렴.

빗물에 담긴 세상

- 이옥형

후드득후드득
굵은 빗방울이 뿌리던 날

비를 피해
아파트 단지 큰 나무 아래
잠시 멈춰 바라보니

비켜 가기만 했던
물웅덩이 위로도
세상이 담기네

하늘에서 뛰놀던 빗방울들이
어느새 땅 위로 내려와
뚝딱뚝딱 집 한 채 짓고

나무와 함께 한 목소리로
마음을 크게 뜨고
살아라 살아라 노래 부르네

비오는 날 우연히 마주친
소소하지만 소중한 삶의 보물들

누구나 시인이 될 수 있습니다

당신은 꽃보다
아름답습니다

당신이 주인공입니다

10
Chapter

佳巖 강현녀

학력

원광대 미술대학원 석사

경력

천일석재 대표이사

1992년 백만불수출탑 수상

전북여성경제인협회 수석부회장

전북여성건축가협회 이사

전북법무부 법사랑위원

전북산업디자인협회 회원

전주문화원 부원장

돌문화보존회 이사

익산경찰서 기동대 어머니회 부회장

전북 벤처협회 부회장

고려대명강사 최고위과정 수료

전북산업디자인협회 회원

인성지도사

글로벌건축사협회 18기

저서

『돌에도 꽃이 핀다』

내게 온 가을

― 강현녀

익산시 함열읍 그리고
석매리 골목길 돌아돌아
천일석재 앞마당 돌기둥에
고추잠자리 한 마리 멈추었다
이렇게 가을이 내게로 왔다

태풍이 지나간 자리
깨질듯 파란 하늘에 입 맞추면
만작만작 만작거리다
강산이 서너 번 바뀐 돌
그 돌에 핀 꽃들이 이야기한다

옆이 어딘지
뒤가 어딘지도 모르고
눈물 흘릴 시간도 없이
앞만 보며 불살랐던 청춘
살아남은 불씨 모아 모아
던져버린 육신조차 익어가면
무얼 더 바라 그건 욕심이란다

이제
돌에 피어난 꽃들
곱게 물든 단풍이 되어
지난 인생을 위로해 주며
내게 온 가을은 마냥 익어간다

뚝심

- 강현녀

언제 한번 당신처럼 살아볼까요.

외로움의 비바람 불고 슬픔의 눈보라 몰아치고
우르르 쾅쾅 성난 세상이 아무리 뭐라 해도
눈 하나 깜짝 안 하면서

안으로만 삭이고 삭여 순백의 속살 키워내고
곧고 바른 심지 하나 품은 채

시리고 아린 삶의 벌판 위에서도
우-뚝-우-뚝
마음 한켠에 솟아 있는 당신,

당신은 나의 자랑입니다.

길모퉁이

– 강현녀

사람은 누구나 자신이 지나온
길모퉁이 몇 개쯤은 가슴에 담고 산다.
시간이 흐르면 '그때'는 보이지 않았으나
'이제'는 보이는 길모퉁이들이 있다.
곧고 평평하게 펼쳐진 길 끝에서 만났던 모퉁이이기도 하고
꼬불꼬불 울퉁불퉁하기만 했던 길 끝의 모퉁이이기도 하다.

걷다가 쉬다가 뛰다가
저마다의 안도와 후회로 지나쳐 온 삶의 구비를 돌아
어느새 또 낯선 길모퉁이에 다다르면
채 돌아서기도 전에 마중 나온 이들과 마주친다.
할랑할랑 한눈이나 팔며 걸어왔을 땐 '두려움'이고
온 마음으로 정성을 다해 걸어왔을 땐 '희망'이다.

백명현

학력

서울대학교 법과대학 공법학과
연세대학교 경영대학원 경제학과(1학기)
서울대학교 경영대학원 최고감사인과정
서울대학교 행정대학원 국가정책과정
서울대학교 국제대학원 글로벌리더십과정

경력

한국은행 조사역
금융감독위원회 구조개혁기획단 선임
금융감독원 법무팀장
GE Capital 이사 / Morgan Stanley 이사 / ABN AMRO 상무
(주)위닝해빗컨설팅 대표이사 / (주)벽산건설 사외감사
(사)한국금융투자협회 본부장/상무
(주)SG Private Equity 상임고문 / 롯데쇼핑(주) 사외이사
(사)한국 M&A 투자협회 부회장 / (주)한국 M&A 거래소 대표이사
(현)서울대학교치과병원 상임감사
(현)미래경제문화포럼 공동대표
(현)한국감사협회 부회장

잔디밭에서

― 백명현

말수 적은 아내가 한마디 한다
손주들과 야외로 나가자고,
따뜻한 햇살이 너무 아깝다고

푸른 잔디밭에는 꽃들이 손짓한다
여기저기 부끄럼을 감추며
예쁜 얼굴로

잔디 위에서 뒹구는 녀석들을 보며 아내는
꽃처럼 조용히 웃고만 있다
눈부신 태양에 빛나는 아내의 얼굴이
참 아름답다

빛바랜 사진 속에서 웃고 계신 어머니께서도
무척이나 아름다우시다
두 아들과 풀밭에서 놀고 있던 내 모습이
그렇게도 좋으셨나

어머니! 하늘나라 잔디밭에도
예쁜 꽃들이 많이 피어 있겠지요?

저 손주들이 다 자라고 나면 저는 아마
어머니와 손잡고 꽃밭을 거닐고 있을 겁니다

동문 체육대회

- 백명현

친구가 달린다
눈부신 가을볕을 가르며 친구가 달린다
선배도 있지만 후배가 훨씬 많다
선배인지 후배인지 넘어진다
친구는 잘도 달린다

아버지는 늘 바쁘셨다
가을 운동회에 오실 줄은 몰랐다
달리기까지 하실 줄은 몰랐다
마지막으로 들어오시는 아버지의 모습
자랑스러웠다
눈물이 났다

친구들에게 떠밀려 신발 끈을 고쳐 매던 친구
우리 기수의 대표다

친구가 들어온다
맨 앞에서 들어오고 있다
동기들이 환호한다
웃음이 난다

오늘 저녁엔

– 백명현

오늘 저녁엔
보고 싶은 친구에게 편지를 쓰리라
다른 친구들도 많은데 유독 나를 좋아하던 친구
처자식과 먹고 사느라 서로 연락을 못 한 지 벌써 몇 년이던가
나는 자네가 보고 싶은데 자네는 어떠냐고

오늘 저녁엔
토라진 아내에게 사과하리라
며칠을 서로 말도 안 하고 얼마나 서먹했던가
소중한 당신을 화나게 한 내가 바보라고

오늘 저녁엔
아침에 야단 친 아들을 안아주리라
서로 생각이 다를 수도 있지
나도 아버지께 얼마나 내 주장을 했던가
아빠는 그래도 너를 사랑하고 있다고
네가 우리집 최고의 보물이라고

오늘 저녁엔
나에게 일기를 쓰리라
하루 사는 것도 바쁘다고 일기 안 쓴지 얼마나 됐나
내 꿈은 도대체 어디로 갔는가
하지만 너는 아직도 젊고 충분히 멋있다고

이종화
1933년 7월7일 합천 출신

경력

합천고등학교 총동문회장

연세대학교 경영대학원 총동창회장

경주이씨 중앙화수회 19대 회장

(주)송담산업 회장

한국레미콘공업협동조합 7대 연합회장

동북아교육문화협력재단 및 평양과학기술대학 설립이사

민주평화통일자문회의 상임위원

환경안전공사 대표이사

한국사회문화연구원 명예회장

국립발레단 이사

전) 신공항레미콘 대표이사 회장

전) 인천경영자총협회 자문위원회 위원장

수상

노동부장관 표창 (1985)

중소기업청장 표창 (1997)

국무총리 표창 (2000)

대통령 표창 (2001)

국민훈장 (2004)

서울대학교 총장상 (2014)

누군가 나를 불렀다

- 이종화

처음엔 잘 들리지 않았어.
보이지 않는 곳에서 보이는 곳에서
가슴을 잡아당기는 바람과 구름과 햇살과 바다가,
삶에 닻을 내리라고 속삭이는 소리가.

슬그머니 모습을 드러낸 가녀린 초승달이
노을빛으로 가슴을 물들이면
그저 있는 그대로를 보는 것만으로도
행복한 미소를 짓게 해.

허허, 이제야 알겠구면.
물결 같은 구름에 일렁이는 햇살에 그림자 같은 등대에
바로 아래에서 그들을 바라보는 사람까지
나를 한 목소리로 부르고 있었음을.

있어야 할 곳에서 굳건히 자리를 지키고 있는 한
어떤 것이든 아름다울 수 있음을.
그때 쿵 하고 귓전을 울리며 번개처럼 스쳐가는 사랑까지도
가슴에 담을 수 있는 것임을.

- 헌시 -

한 걸음씩

- 이종화

시선을
거두지 않으며
착한 걸음으로
살아가는
하루하루

어느 날
문득
걸음을
멈추고
뒤돌아봤을 때

그 하루하루의
발걸음이
올곧은
삶의 길이 되어 있기를
기원하는 삶을 살아간다

추억의 삶

- 이종화

분주하게 살아온 삶
뒤돌아보니
내 지나간 자리마다
추억의 샘물 샘솟는구나

떼구르르 구르는 나를
온몸으로 지키고 서서
어느 것 하나 헛된 것 없노라
속삭이는 시간이여,

송알송알
푸른 잎새마다
되살아나
추억의 삶을 적시는구나.

아, 그대에게
행복하게
스며들고 싶어라.

이대호

학력

경남대학교 경영학과 졸업
아주대학교 경영대학원 졸업(MBA)
연세대 경영대학원
유통전문경영자과정 수료
서울대 경영대학 EC
최고경영자과정 수료
고려대 평생교육원
명강사최고위과정 수료

기업 & 사회활동

(사) 한국교육정보진흥협회 회장
코스닥협회 코스닥CEO포럼 3기 회장
(사) 한국프랜차이즈산업협회 부회장
아주대학교 경영대학원 석사동문회 회장

경력

진로그룹 기획조정실 과장(유통담당)
(주) 컴키드 기획실장
(주) 소프티안 부사장 / (주) 한빛소프트 감사
(주) 에듀박스 대표이사
(주) 프런티어경영컨설팅 부대표
(주) 씨앤에스러닝 대표이사

태풍颱風

- 이대호

새로운 바람이 분다.
뜨거운 열정을 머금은 태풍이
적도를 지나며 고기압과 저기압이 융합한다.

얼마나 갈망했을까?
참았던 서러움 폭발하여
바람과 비를 몰고 산과 들을 휘젓는다.

얼마나 사랑했을까?
바다 밑 심해까지 손 넣어
잡혀진 무기질을 온 세상에 흩뿌린다.

새로운 변화가 온다.
바람과 비가 융합하고 복합되며
희망의 4차산업혁명 도전의 기회가 오고 있다.

백수해안도로 노을

– 이대호

노곤한 하루 쉬려 별나라 가게 하소서.
하루 동안 얻은 정보와
하루 종일 만난 만물과
하루 만에 읽은 책들을
하늘과 바다에 별나라 꿈 전하게 하소서.

영광(靈光)의 신령들이 춤추게 하소서.
백제불교 이 나라에 전한 마라난타
옥당고을 천주교 기독교의 순교자들
옥려봉에서 원불교 창시한 소태산
이념과 사상 바람타고 지구와 합하게 하소서.

영광(靈光)의 빛 노을이 되게 하소서.
금정산 바라보는 원자력발전소
칠산 바다 우뚝 선 풍력발전기
염산 하얀 소금밭 태양광발전소
4차 산업혁명 희망의 에너지로 거듭나게 하소서.

백수 해안도로 핀 해당화 물들이소서.
바다로 떠나는 고기잡이 어부와
늙은 할미 품에 잠들은 손주와
해안가 걷고 있는 청년들에게
삶의 꿈과 희망을 붉게 물들이게 하소서.

꽃무릇 사랑

- 이대호

운무 가득한 불갑산 기슭
사랑에 목마른 청춘이 멈춘 곳

찬바람 휘도는 계곡 물소리에 놀라
산사 주변의 꽃무릇 쭈뼛 고개 내민다.

누구랄 것도 없이 여기저기
학이 군무 하듯 한 무더기 솟아오르고

아름다운 자태 그대로
연초록 꽃대 끝에 붉은 꽃 피어 오른다.

고찰 언저리 꽃무릇 물감이
온갖 나무 잎에 빨간 물들이고 있을 때

숨 죽여 잎 움트기 시작하자
꽃은 수줍은 듯 땅속으로 숨어든다.

인도 간다라에서 전해오는 끝없는 사랑
불갑사(佛甲寺) 꽃무릇 사랑은

가녀린 초록줄기 바람결에 휘둘리며
별빛조차 힘겨운 듯 연분홍 고개 떨군다.

이재호

학력

충남 논산 출신
강경상업고등학교 졸업
중앙대 국제경영대학원 석사

경력

(주)쥬리아 자금팀장, 영업본부장
(주)쥬리아 대표이사
(현)메인비즈협회 이사

수상

중소기업청장상 수상
지식경제부장관상 수상

SINCE1956

아버지와 추석

– 이재호

언제였지…
울 아버지 떠나신 지가

한 10년쯤 됐다고 생각하는데,
옆에 있던 집사람이 12년 됐다고 하네

떠나시던 그해 추석
아버지 모시고 할아버지 성묫길 나섰네
처음으로 아버지 내 차에 모시고
부여 종산으로 갔다네

몸 불편한 아버지 차에 계시고,
우리끼리 성묘했네
성묘를 마치고 돌아오는 차 안에서 아버지에게 건넨 말

'아버지, 얼마 계시지 못할 이승 잘 정리하시고
하늘나라 가셔서 편히 지내세요'

불효자의 한마디에 마음 상하신 내 아버지,
집에 돌아와 처음으로 울 아버지 목욕시켜 드렸네
그로부터 2주 후,
아버지는 하느님 곁으로 가셨네…

내가 시켜드린 마지막 목욕, 난 죄 사함 받았네
평생 한번 아버지에게 해드린 게 없었는데…

울 아버지 평온히 주무시는 모습으로 내 곁을 떠났네
그런 아버지, 내 가슴에 영원히 남아계시네

쥬리아 화장품

쥬리아 화장품
전 세계적으로 뻗어나간다
60여 년을 한결같이 걸어온 화장품 외길

매출향상과 시장 확대를 위해
유통다변화를 위해 나선 쥬리아
쥬리아 화장품을 통해 아름다운 삶을 꿈꾸다

앞선 상품 기획과 기술력으로
마켓 특성에 맞는 상품을 선보이며
경쟁력을 강화 시키고 있다

쥬리아 화장품,
고객 분들의 아름다운 삶의 가치를 위해
지금보다 진일보하는 모습으로

여러분들 곁에 한걸음 더 다가설 것이다

어머니와 추석

울 엄마 여든 네 살
지난겨울 빙판에서 넘어졌네

대퇴부 수술만 다섯 차례,
그 활달하던 엄마가 갑자기
세상 기약 할 수 없는 모습으로 변했네

이번 추석
계룡에서 아우댁 함양 가는 길
내 차 옆에 어머니를 모셨네

엄마도 언젠간 내 곁을 떠나시겠지

불구남편 보살피며 삼형제 키우느라
당신의 행복 지우시고
오로지 자식 위해 사신 울 엄마

이제 둘째 아들 호강 한번 받을 때가 왔는데, 아아…

울 엄마 가신다니,
아버지는 목욕 시켜 드렸는데
엄마한테는 뭘 해드리지

울 엄마 가는 귀 먹어서
통화할 때 못 알아 듣는다

들리지 않는 울 엄마 얼마나 더 힘들까

아! 이제 헤어져야 할 울 엄마
이곳에 계시는 동안 잘 드시고 행복하세요
당신 아들 잘 지낼게요
엄마에게 받은 정신력으로 꿋꿋이 살아갈게요

울 엄마, 어머니, 존경합니다

이태권

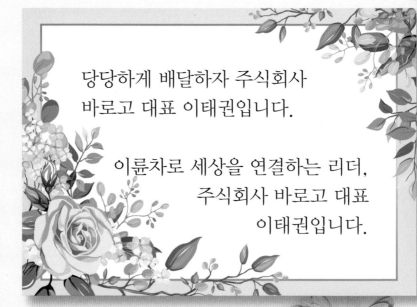

당당하게 배달하자 주식회사
바로고 대표 이태권입니다.

이륜차로 세상을 연결하는 리더,
주식회사 바로고 대표
이태권입니다.

경계 經界[1]

– 이태권

나아갈 때와 멈춰 설 때

말할 때와 침묵할 때

붙잡을 때와 놓을 때

떠날 때와 돌아올 때

들리는가?

무엇이든 선택할 때마다

그 경계(境界)[2]의 모호성 속에서도

끊임없이 울려대는

삶의 경계(警戒)[3] 경보 소리가

경계를 나누는

자신만의 공명정대한 기준을

세워는 놓았는가!

* 經界[1] – 옳고 그른 경위가 분간되는 한계.
* 境界[2] – 사물이 어떠한 기준에 의하여 분간되는 한계.
* 警戒[3] – 뜻밖의 사고가 생기지 않도록 조심하여 단속함. 옳지 않은
　　　　　 일이나 잘못된 일들을 하지 않도록 타일러서 주의하게 함.

마음을 닦듯 길을 닦는다

– 이태권

한 번쯤 걸어보셨지요?
키 큰 나무들이 호위병처럼
이열종대로 죽 늘어서 있는 저 오솔길.

그 길 위에 서서 생각해 본 적 있으시지요?
어떤 길이든 딱 자기 마음의 너비와 길이만큼만
볼 수 있다는 사실.

돌을 고르고 땅을 다지고
마음이 새지 않게 나무를 심어 놓은 길 하나,
당신 가슴속에도 놓아두셨지요!

마음과 마음이 닿으면 언제든
길이 날 수 있다고 굳세게 믿으며,
오늘도 마음을 닦듯 길을 닦고 있으신 게지요!

도전

– 이태권

계속되는 도전은
계속되는 질문과 같다

질문하는 자들만이 답을 구할 수 있다는 생각

어디까지 질문할 수 있는가
얼마나 도전할 수 있을까
어떻게 하면 고객들이
편안한 미용 서비스를 받을 수 있을까

질문에 질문을 거듭하며 앞으로 나아간다

질문의 꼬리는 결국
내가 가야 할 방향으로 휘어진다

문을 두드리는 건 누구의 몫인가

나의 몫이다
질문하는 자의 몫이다

임영서

학력
국수고등학교(양평군 국수리 소재) 졸업
성결대학교 기독교교육과 졸업
세종대학교 경영대학원(석사과정) 졸업

경력
(주) 월드 투자정보산업 이사
맥창업정보시스템 대표
맥창업연구소장
全) 양평지방공사 이사
全) 서울 중구 명예구청장
全) 서경대학교 프랜차이즈학과 겸임교수
全) 연세대 상남대학원 강사
現) (주) 대호가 대표이사
現) (주) 청록원 이사
現) (주) 중구 선거관리위원
現) (사) 한국프랜차이즈산업협회 부회장
죽이야기,육회이야기,닭갈비이야기 대표이사

수상
신지식인상 수상 (2008년)
전라예술제 신인연기상 수상 (2018년)

작품활동
MBC TV 푸른계절 출연(1998년)
KBS TV 파랑새의 집
영화 꽃찌(2017년 작)
영화 미친도시(2018년 개봉)
연극 여자의 일생(2018년 공연)

저서
『한눈에 보는 창업』
『음식점 경영 이렇게 한다』
『프랜차이즈 잘고르면 대박 못고르면 쪽박』
『주님 손만 잡아라』

아버지의 길

- 임영서

바퀴 자국 하나 없는 흙투성이길
걸어 걸어 아홉 굽이 돌고 돌아 첩첩 산골
양평 산골 우리 집 가는 길

별빛이 쏟아지던 저녁
아버지의 정강이에도 피가 쏟아졌다
길도 없는 산모롱이 길 한번 내보려
깨고 깨시던 돌에 정강이를 깼단다

"아들아! 이리 와봐라!"
"아들아! 이 마을에 길은 꼭 필요하다."
"아들아! 누군가는 길을 내야만 다음 세대가 걸어 다닌다."
"아들아! 너를 위한 길이다. 너는 너를 위한 인생길을 개척해라!"
"아들아! 먼 훗날 네가 이 길에 서서 너의 인생을 되돌아봐라."

내 나이 오십, 아버지는 머잖은 구십
그분이 만드신 길에 서 있다
당신의 길을 걸으며 내가 컸듯
나의 아들도 이 길을 걸으며 커갈 것이다

어머니의 눈물

- 임영서

비행기 타야 유학인가? 차도 없는 양평 시골
읍내 중학교로 걸어서 유학을 갔다.

1년에 네 번 내는, 쪽파 팔아 힘들게 만드신 등록금으로
닭갈비를 사 먹었다.

양평 장날 반찬 들고 자취방 찾아오신 기러기 어머니
그날밤 나는 등짝이 터져라 맞았고, 어머니 눈에서는 홀로 눈물이 터졌다.

"하나님! 용서해 주세요. 등록금으로 닭갈비를 사 먹은 아들을 때렸습니다.
얼마나 먹고 싶었으면 그랬을까요?
먹고 싶은 닭갈비를 못 사준 나의 잘못은 모르고 아들을 때렸습니다.
하나님!
우리 아들은 돈이 없어 자식을 때리는 그런 사람이 되지 않게 하소서!
바라건대, 우리 아들은 부자 되게 해 주세요.
나와 같은 죄를 짓지 않게 하소서."

눈 감고 울던 나는 현실에 눈뜨고
지금은 닭갈비집 사장이 되었습니다.
어머니의 기도를 떠올리며
마음껏 닭갈비를 먹는 내 아이들을 봅니다.

닭갈비 예찬 친구편

- 임영서

바다도 없는 양평, 논과 밭을 바다 삼아
창기와 나는 고교 3년을 보냈다.

고시조도 외우고, 심장이 터질 듯 운동장도 뛰고,
성적표 받은 날은 세상이 무너진 양 하염없이 남한강 강둑을 걸
었다.
졸업 후 나는 삼류대학으로 친구는 해군으로 갔다.

세일러복 옷깃 세운 이른 봄날 북적대는 닭갈비집
지글지글 익어가는 닭갈비를 바라보며
뜨거운 눈물 같은 소주잔을 기울였다.

"해군 가서 돈 벌어 대한민국에서 제일 맛있는
닭갈비집 차려서 재벌 될 거야!"
"닭갈비집 차리면 넌 무조건 공짜다!"

20년 후. 2010년 3월 26일. 천안함 침몰했다.
내 친구 이창기 원사를 보냈다.

친구를 못 잊어 내가 대신 닭갈비집을 차렸다.
문턱이 닳도록 손님은 드나들지만
정말로 기다리는 손님은 오늘도 오지 못한다.

이삼구

약력

현: (주)239바이오 대표이사

현: UN FAO(유엔식량농업기구) 대한민국 Stakeholder

전: ISO(국제표준화기구) TC23 대한민국 대표

국내외 지적재산권(특허, 실용신안, 상표, 영업비밀): 70여 건

2019.01.09. KSBMB(생화학분자생물학회)

　　　　　– D&D의 췌장베타세포재생 연구성과 및 의학적 기전 발표

2019.01.04. 일본 요미우리신문 2019신년 특집(국제면)기사

2018.10.24~27 2018 제26차 핀란드 국제당뇨학회

　　　　　– D&D의 췌장베타세포재생 연구성과 홍보

2018.10.28. 체널i 산업방송 정한용 이성미의 쉘위토크 출연

　　　　　– D&D의 췌장베타세포재생 연구성과 설명

2018.10.12~18 UAE Dubai 국제당뇨학술대회

　　　　　– D&D의 췌장베타세포재생 연구성과 토론

2018.08.22. 대한민국 국회 보건복지위 정책세미나 개최

　　　　　– 당뇨치료의 획기적 연구성과인 D&D의 의학적 기전 세미나

2018.08.11/08.27 KBS 전국뉴스 보도 (주)239바이오 이삼구박사 당뇨연구성과

2018.05.30 당뇨치료조성물 D&D 국제특허출원완료

　　　　　– 한국, 일본, 유럽연합, 미국, 캐나다, 중국, 인도, 베트남, 중동GCC 등 19개국

2018.05.27. KBS제1라디오 〈정관용의 지금 이사람〉 출연

2018.06.22 일본특허청 특허등록

　　　　　– 발모촉진, 탈모예방, 모낭개선용 식용귀뚜라미 (식품, 의약품) 원천특허등록

2018.05.03. 국제인증기관(AAALAC)의 당뇨치료물질 D&D 전임상 성공

　　　　　– D&D의 파괴된 베타세포 재생 및 의학적 기전 규명 완료

행복

– 이삼구

가을 하늘아래 어여쁜 국화꽃
그 향기 온 동네를 감싸고
가을저녁 섬돌아래 귀뚜라미
그 노래 별까지 닿는다.

회상 – 어머니 사랑

– 이삼구

오일장 찾아 이른 새벽 먼 길 떠나신 어머니
붉은노을 산 너머로 사그라들어갈 즈음
지친 다리 끌고 오셨네
머리에 이고 간 산나물 양동이
무엇으로 바꿔 오셨나
무엇이 들어있을까
달디단 눈깔사탕 있으려나
바삭바삭 맛있는 센베과자 있으려나
박 속 빼내 말려 만든 큰바가지 가득
따스한 기운이 전해지는데

"엄마 이건 뭐예요?"
"응, 너 눈 밝아지라고 임실 우시장 가서 눈에 좋은 소 간
사왔단다."

시간 여행

– 이삼구

콧물 훔쳐가며
깔깔대며 놀다가
조금 시들해지면

잠자리 허리 떼고
지푸라기 찔러 넣어
허공에다 날리고

검정 고무신에
올챙이 가득 담아
햇볕에 말려 두었다

보릿대 꺾어
개구리 똥구멍에
팽팽히 바람도 넣고

뒷다리 껍질 벗겨
구워먹으며
얼굴에 검정칠하던

놀부도 울고 갈
예닐곱 살 원죄로
목뼈는 이리 아리나

정재근

학력

대전고등학교
고려대학교 행정학과
미국 미시간대학교 도시계획학 석사
서울대학교 행정학석사
대전대학교 행정학박사

경력

현) 유엔거버넌스센터 원장, 대전문인총연합회회원
전) 행정자치부 차관
전) 안전행정부 지방행정실장
전) 행정안전부 기획조정실장
전) 행정안전부 지방재정세제국장
전) 행정안전부 대변인
전) 주 독일 대한민국대사관 공사 겸 총영사
전) 충청남도 기획조정실장
전) 청와대 행정관
전) 대전광역시, 충남도청, 공주시청 근무
전) 대전대학교 행정학과 초빙교수
전) 한국지방자치학회 부회장, 한국행정학회 부회장

새 집을 지으면 1

- 정재근

새 집을 지으면
제일 먼저 솟대를 세울 거다

기껏 허리춤과 견주는
나지막한 막대에
새 한 마리 달랑 붙은
작은 솟대가 아닌

큰 나무
가지가지마다
새들이 흠뻑 깃든

그래서 나무 뒤로 석양이 흐르면
태고적 그 새들이 삼족오처럼
태양 속에 점점이 박히고
밤에는 달에서 옥토끼와 함께 두런대는

가끔은 햇살보다 더 눈부신 별빛을
등 위에 짊어진 채
어릴 적 머리맡 벽걸이 옷장에서 헤엄치던
빨강 주홍 붕어들과도 속삭이는
그런 나의 새 하나씩에
소중한 추억 하나씩 심으면

비로소 나의 새들은
해와 달과 별과 바람과 함께
아련한 추억으로 환생하여

나의 나무에 주렁주렁 매달리는
그런 솟대 말이다

새 집을 지으면 2

– 정재근

새로 지을 집은
하늘로 창을 내고 싶다

내 삶의 전부를 보여줄
내 마음 어리비친 눈동자까지도 온전히 보여줄
그런 맑은 창을 갖고 싶다

힘들 때 참지 않고 엉엉 우는 모습 보여주고
가끔은 나와 내 가족만을 위해서가 아닌
세상을 위해 울고 있는 나를 보여주고 싶다

그저 살아오지 않고
정말 살아왔다고
살아지는 것이 아니라
살아간다는 것이
그리 쉽지만은 않았다고
마음껏 하소연하고 싶다

해를 닮고
별을 닮고
하늘을 닮은
주황색 햇살 아롱진 따스한 나
은백색 별빛 새겨진 추억의 나
푸른 가을향 넘실대는 상큼한 나

하늘로 창을 내고
그런 내가 되고 싶다

새 집을 지으면 3

- 정재근

새로 지은 집에는
당호를 걸고 싶다

큰 스님께 편지를 쓸 거다
효도를 가르쳐주신 스님
퇴직하면 같이 마음공부 하자시던 스님
젊은 수좌들과 용맹정진 더불던 그 스님께

내 삶이 나타나는 이름으로
남은 삶을 살아갈 의지를 담아서
조심스레 마음속 몇 개를 올릴 거다

겸선재(兼善齋)
독선당(獨善堂)
불매헌(不賣軒), 그리고
지족헌(知足軒)

밝은 미래를 위한 마음
꿈을 이룰 수 있는 세상

이상배

함창중학교 졸업

마포고등학교 졸업

명지대학교 경영학과 졸업

연세대 경영대학원 수료

단국대학교 자산관리 최고경영자 과정 수료

서울대학교 문헌지식정보 최고위 과정 수료

現) (주)우남상사 대표이사

現) (주)칸나 대표이사

現) (주)언아더월더비나 회장

現) 삼백타워 대표

現) jms골프랜드 회장

現) 신원컨트리클럽 이사

밤이 깊을수록

- 이상배

하늘밖에 보이지 않는
상주의 첩첩산중
가난한 농가에서 태어나
10킬로미터 거리의 학교를
뚜벅뚜벅 두 다리로 걸어 다녔어도
나는 절망하지 않았다네.

칠흑같이 까만 밤하늘에
반짝반짝 빛나던 별들이
내 마음을 어루만지고
열악한 상황에서도
꿈만큼은 놓지 않았던
나의 등을 밀어 주었지.

무작정 서울로의 상경을
결심한 그 순간
내 손에 쥐어진 카드는 단 한 장
남들보다 좀 더 빨리
남들보다 좀 더 많이
노력하고 또 노력하는 것

노력에 끈기를 곱해
어제와 오늘을 발판으로 내일로 나아가니
이제야 깨닫는다네.
밤이 깊을수록
별은 더 빛나고 새벽은 더 가까워지듯
시련의 동의어가 실패는 아니었음을.

곁을 둘러보면

– 이상배

곁을 둘러보면
늘 곁에 있었습니다!

최고의 명품을 만들기 위해
노력하는 장인정신으로
40여 년간 앨범 단 하나의 분야에서
최고의 자리만을 고집하는 사람들

곁을 둘러보면
늘 곁에 있습니다!

숨 쉴 틈도 없이 빠르게 흘러가는 세상
역경과 위기가 번갈아 엄습해 와도
여러분의 소중한 순간순간들을
가장 가치 있게 만들고자 노력하는 사람들

곁을 둘러보면
늘 곁에 있겠습니다!

누구도 모방할 수 없는 기술력과
차별화된 디자인으로
언제나 최고의 자리에서
여러분의 현재와 과거, 미래에 동행하는 사람들

대한민국을 넘어 세계인의 추억을 담는
명품 앨범을 만들며
가장 소중한 추억을 대대로 간직해 드리고 싶은
그 마음 하나,

바로 변함없이 여러분 곁을 지키는
칸나의 존재이유입니다

기본을 지킨다는 것

- 이상배

한눈팔지 않고 자기 분야에서
혼신의 힘을 기울인다면
길은 보인다,
프로정신이란 그런 것이다.

한번 마음먹은 꿈은
꼭 이루겠다는 신념으로
미루거나 포기하면 안 된다,
노력이란 그런 것이다.

상대방에게 신뢰를 주기 위해
약속은 반드시 지키며
구차한 변명은 하지 말라,
신용이란 그런 것이다.

살아남기 위해서는
기술력이 겸비된 최고의
제품으로 승부해야 한다,
품질 우선주의란 그런 것이다.

밝은 미래를 위한 마음으로
꿈을 이룰 수 있는 세상을 향하여
자존심을 걸고 기본을 지키는 것,
성공이란 그런 것이다.

후불제 여행사
투어컴

목돈 없이 떠나는 후불제O
www.tourcom.cc

Fly now, Pay later!
목돈없이 떠나자!
후불제여행 투어컴

후불적립 멤버십 시스

후불제 여행사 투어컴은
세계최초 후불제 여행사이며
매월 일정 회비를 적립 후
적립금액 만큼 후불지원을 받아
목돈없이 여행을 다녀올 수 있습니

회원가입
월회비 적립

6개월 후부터
여행가능

상품선택 후
대표번호
1600-3608

적립금액 + 후불지원금액
목돈없이 여행

여행 후불지
납입 후 완

후불제여행사 **투어컴**
고객센터 1600-3608 · 팩스 02-6280-3608

여행본부 | 서울시 종로구 삼일대로 469 서원빌딩
총괄본부 | 전주시 완산구 백제대로 249 경복궁빌

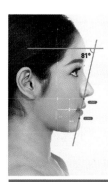

'행복에너지'의 해피 대한민국 프로젝트!
〈모교 책 보내기 운동〉

대한민국의 뿌리, 대한민국의 미래 **청소년·청년**들에게 **책**을 보내주세요.

　많은 학교의 도서관이 가난해지고 있습니다. 그만큼 많은 학생들의 마음 또한 가난해지고 있습니다. 학교 도서관에는 색이 바래고 찢어진 책들이 나뒹굽니다. 더럽고 먼지만 앉은 책을 과연 누가 읽고 싶어 할까요?

　게임과 스마트폰에 중독된 초·중고생들. 입시의 문턱 앞에서 문제집에만 매달리는 고등학생들. 험난한 취업 준비에 책 읽을 시간조차 없는 대학생들. 아무런 꿈도 없이 정해진 길을 따라서만 가는 젊은이들이 과연 대한민국을 이끌 수 있을까요?

　한 권의 책은 한 사람의 인생을 바꾸는 힘을 가지고 있습니다. 한 사람의 인생이 바뀌면 한 나라의 국운이 바뀝니다. **저희 행복에너지에서는 베스트셀러와 각종 기관에서 우수도서로 선정된 도서를 중심으로 〈모교 책 보내기 운동〉을 펼치고 있습니다.** 대한민국의 미래, 젊은이들에게 좋은 책을 보내주십시오. 독자 여러분의 자랑스러운 모교에 보내진 한 권의 책은 더 크게 성장할 대한민국의 발판이 될 것입니다.

　도서출판 행복에너지를 성원해주시는 독자 여러분의 많은 관심과 참여 부탁드리겠습니다.

도서
출판 **행복에너지** 임직원 일동
문의전화　0505-613-6133